UNE

NOUVELLE ÉTOILE

TÉLESCOPIQUE

SATIRE DIALOGUÉE

CONTRE L'AUTEUR DES POÉSIES NARBONNAISES

PAR M. HERCULE BIRAT.

Sic itur ad astra.
VIRGILE.

E. Fd.

PARIS

NARBONNE

MICHEL LÉVY, LIBRAIRE

CAILLARD, LIBRAIRE

rue Vivienne, 2 bis

rue S. Jacques, 81

1867

UNE

NOUVELLE ÉTOILE

TÉLESCOPIQUE.

UNE

NOUVELLE ÉTOILE

TÉLESCOPIQUE

SATIRE DIALOGUÉE

CONTRE L'AUTEUR DES POÉSIES NARBONNAISES

PAR M. HERCULE BIRAT.

E. Fil.

PARIS

MICHEL LÉVY, LIBRAIRE

rue Vivienne, 2 bis

NARBONNE

CAILLARD, LIBRAIRE

rue S.-Jacques, 81

1867

PRÉFACE.

Encore une *spéculation poétique* comme je sais les faire, de celles qui rapportent à un auteur de province 50 pour cent de perte et des humiliations sans nombre. Celle-ci ne m'appauvrira et ne m'amoindrira guère davantage, mais elle prouvera peut-être à mes détracteurs que j'ai plus d'une corde à mon *barbyton*, et que ce n'est pas tout à fait par impuissance que je n'ai traité jusqu'ici que des sujets uniquement badins et locaux. En effet, mes explorations n'ont pas lieu cette fois dans Narbonne et son voisinage. Le sujet n'a presque rien de particulier au pays. Il est même bien plus aérien ou plutôt *éthérien* que terrestre ; car, dans cette facétie, rimée un peu à la diable, pour me conformer au goût du jour, je promène mes lecteurs dans tout le firmament, à la recherche de ma petite étoile, sur les pas de deux interlocuteurs qui ne me veulent pas tout le bien possible, et je décris successivement, quoique sans beaucoup de méthode, toutes les constellations dont il est émaillé, tant au nord qu'au sud de l'équateur, sans en oublier presque aucune. C'est ce dont on pourra s'assurer en prenant une sphère céleste, qu'on posera tantôt sur l'horison de Paris et tantôt sur celui de Sainte-Hélène, qui joue un grand rôle dans la pièce, et qu'on fera tourner d'orient en occident, conformément au mouvement diurne *apparent* des astres autour de la terre.

Ce poème didactico-satirique, qui ne fera jeter les hauts
cris à personne, car nul n'y est ridiculisé que moi, n'est pas
à la portée de tout le monde, je le sais. Il exige pour son in-
telligence complète un peu de mythologie, de géographie, de
cosmographie et d'histoire; mais quiconque est passé bache-
lier en sait de reste pour le comprendre, et je serais même
bien trompé si plus d'une dame du pays ne s'en rendait pas
entièrement compte. Les entretiens sur *la pluralité des mondes*,
de Fontenelle avec la jeune et belle marquise de G***, deman-
dent à la lecture plus d'attention qu'il n'en faut apporter à
celle de mon dialogue uranographique.

Ce grand écrivain, qui était aussi un grand savant, racheta
l'aridité de son sujet par la lucidité et l'agrément d'un style
sobrement scientifique et imagé. Je n'ai ni ses lumières ni son
esprit. Le mien n'est malheureusement pas tourné au madri-
gal, à la galanterie, et pourtant je n'ai pas reculé devant la
tâche énorme de faire, en badinant, et en vers de huit pieds
encore ! une nomenclature à peu près exacte des astérismes
qui charment nos regards, par une nuit sereine, quand la
lune, cette jalouse badigeonneuse, n'en ternit pas l'éclat de ses
rayons blafards, qu'on dirait trempés, comme des pinceaux
de maçon, dans un baquet de lait de chaux.

Que les Lamartiniens en disent ce qu'ils voudront ! J'aurai
pour moi les astronomes, les maraîchers, les agriculteurs,
les marins, les habitants de nos côtes et de nos ports de mer
et probablement aussi les médecins.

Je trouve la terre fort heureuse de n'avoir pas à son service
quatre lunes, comme Jupiter, et sept, comme Saturne. Une
demi-douzaine de plats en terre de pipe, tachés et écornés,
ne vaudraient pas pour nous, malgré leurs zigzags dans le
premier ciel, les myriades de clous d'or qui étincellent plus
ou moins dans l'immense écrin du firmament, dont ils nous

déroberaient le magnifique spectacle. En tout cas, l'agrément
qu'auraient procuré à nos endymions mélancoliques les évo-
lutions de ces planètes ne les aurait pas dédommagés des
désastres occasionnés par les flux et reflux irréguliers et les
raz de marée qui auraient bouleversé les plus petites mers.
Les lunes rousses multipliées auraient fait le désespoir des
horticulteurs. On n'aurait jamais été bien sûr de couper les
arbres en bonne lune. Nos petites-maisons n'auraient probablement pas suffi à loger tous les pauvres diables dont la
funeste influence de ces astres vagabonds aurait attaqué le
cerveau. Autre conséquence : les amants séparés par de grandes distances qui, pour épargner les timbres-poste, seraient
convenus de regarder la lune à la même heure, auraient dû,
pour être bien certains que l'objet aimé pensât à eux au même
instant, indiquer d'avance quelle serait la planète qui leur
servirait de muet truchement pour la transmission de leurs
désirs et de leurs vœux... Mais voilà que je bats la campagne
comme si j'étais, sans m'en douter, un de ces cerveaux fêlés,
un de ces lunatiques auxquels je viens de faire allusion ! Ma
digression n'est pas bien à propos dans un avant-propos.
Reprenons vite le fil de mes explications, interrompu par cette
boutade.

   Qu'est-ce donc qui m'a donné l'espoir de trouver quelques
lecteurs dans un pays si occupé d'affaires commerciales et
d'industrie vinicole? C'est la gaieté qui ne me fait pas défaut,
quand je m'y laisse aller, la plume à la main ; c'est surtout le
puissant intérêt qui s'attache à la mémoire de Napoléon Ier,
du sultan Kébir (*), précipité du ciel, pour ainsi dire, comme
Vulcain, sur un rocher, au milieu de l'Atlantique, bien autrement abrupte et sauvage que l'île de Lemnos, pour avoir
voulu *émanciper* et *civiliser* l'Europe par la force, sans songer

   (*) Père du feu, nom que lui donnaient les Turcs, en Égypte,

que les idées ont tout à gagner à ne pas se présenter soute-
nues du canon, et que l'aphorisme politique renfermé dans
le vers de Voltaire :

Ce qui fonde un Etat peut seul le conserver,

ne saurait justifier une ambition insatiable.

Sans mon épisode de Napoléon à Sainte-Hélène, que j'ai
rattaché fortement au sujet, grâce à la constellation australe
du *Chêne de Charles II* ou du navire *Argo*, et qui m'a permis
de mêler dans cette pièce « le plaisant au sévère », je n'aurais
pu compléter ma description du ciel étoilé. Quelques connaissances nautiques, que ne m'ont pas fait complètement
oublier les cinquante-trois ans écoulés depuis l'époque où je
passais le tropique du Cancer, le gouvernail en main, pour
aller tenter fortune en Amérique, avec deux cents francs de
pacotille, quelques connaissances nautiques, dis-je, m'ont été
aussi fort utiles ; néanmoins, les difficultés de l'œuvre étaient
telles que je n'ai pu les vaincre qu'en me torturant l'esprit et
qu'en me donnant toute licence dans le mélange et le redou-
blement des rimes. Ce tour de force d'un septuagénaire
trahit-il la fatigue de tant d'efforts et fatiguera-t-il, par suite,
le lecteur ? C'est ce que je saurai bientôt.

Indulgence ! indulgence ! mes amis. La province n'est pas
féconde en chefs-d'œuvre ; on ne les voit éclore qu'à Paris.
C'est là qu'éclatent, dans les ouvrages en prose et en vers,
l'originalité, la gaîté soutenue, le naturel, l'entrain, l'élégance,
toutes les qualités de style enfin qui doivent caractériser un
poème enjoué, pour que son auteur puisse compter sur le
suffrage des juges compétents et sur la vitalité de l'œuvre.

Je ne terminerai pas cette préface sans réparer une erreur
dans laquelle m'a fait tomber (page 35 de mon poème) un
passage de Lalande, lu sans assez d'attention : « Alexandre

« avait des astronomes à sa suite, dans ses expéditions mili-
« taires, et l'on assure qu'Aristote lui écrivait de ne rien faire
« sans leur avis. Il est vrai que le goût des prédictions y
« entrait pour beaucoup, mais la véritable astronomie en
« profita. »

Voici ce qu'a écrit Fontenelle à ce sujet, dans son charmant
petit ouvrage de *la Pluralité des Mondes :*

« Pour moi, fait-il dire à son aimable et intelligente inter-
« locutrice, je commence à voir la terre si effroyablement
« petite que je ne crois pas avoir désormais d'empressement
« pour aucune chose. Assurément, si on a tant d'ardeur de
« s'agrandir, si on fait dessein sur dessein, si on se donne
« tant de peine, c'est que l'on ne connaît pas les tourbillons.
« Je prétends bien que ma paresse profite de mes nouvelles
« lumières, et quand on me reprochera mon indolence, je
« répondrai : Ah ! si vous connaissiez les étoiles fixes ! — Il
« faut qu'Alexandre ne l'ait jamais su, lui répondis-je, car un
« certain auteur, qui tient que la lune est habitée, dit fort
« sérieusement qu'il n'était pas possible qu'Aristote ne fût
« dans une opinion si raisonnable, mais qu'il n'en voulût
« jamais rien dire de peur de fâcher Alexandre qui eût été au
« désespoir de voir un monde qu'il n'eût pas pu conquérir.
« C'eût été faire trop mal sa cour que de lui en parler. »

Ce n'étaient donc que des astrologues, des faiseurs d'horos-
cope, des diseurs de bonne aventure, qu'Alexandre avait
toujours auprès de lui, par le conseil d'Aristote, et celui-ci lui
faisait mystère de ce qu'il pensait de la lune et des tourbillons.
Si cela est vrai, ce philosophe manquait gravement à son
devoir envers son ancien élève. Un précepteur n'est pas auprès
d'un prince pour lui faire sa cour et « pour garder sa main
pleine de vérités sans en laisser échapper aucune. » C'était
un livre comme *la Pluralité des Mondes,* s'il eût alors existé,

et non pas *l'Iliade,* qui ne pouvait qu'enflammer davantage sa passion pour la gloire, que l'ambitieux fils de Philippe aurait dû avoir toujours sous son chevet ou mieux encore sur sa table de nuit.

Quelqu'un m'a objecté, au sujet du char de la Petite Ourse comparé à celui de la grande, que je n'aurais pas dû dire, (page 28 de mon poème,) qu'il ne faisait qu'un tour de roue pendant que l'autre en faisait huit, puisqu'ils partent et arrivent ensemble. A cela je réponds que je sais très-bien que les révolutions de ces deux constellations autour du pôle s'accomplissent également dans 24 heures, mais je n'ai en vue que leur vitesse relative ; et n'est-il pas clair que pour parcourir, dans le même temps, des circonférences de cercle qui sont, je suppose, dans le rapport de huit à un, il faut nécessairement que le véhicule le plus éloigné du pôle marche huit fois plus vite, c'est-à-dire, que sa roue tourne huit fois pendant que la roue de celui qui en est le plus près ne tourne qu'une fois ? Ma comparaison admise, je ne me tromperais que si les diamètres des roues des deux chars étaient proportionnels aux distances à parcourir. Mais tout ceci n'est que badinage. Les poètes ne sont pas obligés à tant de précision. Le fait est que la Grande Ourse marche visiblement bien plus vite que la petite.

Encore un mot pour répondre d'avance à une autre objection qu'on ne manquera pas de me faire. Quand je reproche aux astronomes modernes de n'avoir pas donné des noms d'hommes illustres aux nouvelles constellations, je n'ai en vue que les étoiles fixes parmi lesquelles on cherche la mienne. A titre de poète original, je n'avais pas à m'occuper des planètes qui ne brillent que d'un éclat emprunté. Avec cette restriction, mon reproche subsiste, bien qu'on ait donné des noms de savants aux différentes parties de la lune et aux nombreuses

planètes nouvellement découvertes, à celle par exemple qu'a
deviné, à l'aide du calcul, l'astronome Leverrier. La marquise
de G*** serait aujourd'hui un peu moins mécontente, car
Fontenelle nous dit qu'elle aurait voulu que les savants se fussent réservé tout le ciel, sans en permettre l'entrée à d'autres
« surtout aux princes, qui ont pris pour eux la terre »,
comme elle le faisait spirituellement remarquer. Mais ni elle ni
son galant professeur d'uranographie, peut-être, n'imagi-
naient pas qu'un peu plus tard un astronome français, La
Caille, aurait l'idée de donner des noms d'instruments de physique aux nouveaux groupes d'étoiles qu'il formerait dans le
ciel austral, et que l'Académie en corps applaudirait à cette
innovation. Je suis convaincu que si cette grande dame avait
pu s'en douter, elle aurait supplié Fontenelle de s'élever contre
un projet aussi bizarre. « Le malheureux ! se serait-elle écrié
« avec colère, il va dépoétiser tout à fait le ciel austral, déjà
« bien moins beau que le nôtre ! Quel contraste choquant n'en
« résultera-t-il pas ! Pour moi, je ne jetterai les yeux qu'avec
« dépit sur le nouveau globe céleste. Eh quoi ! la *Machine*
« *pneumatique* peut devenir au pôle sud le pendant d'Andro-
« mède, que voilà près du pôle nord ! Cette pensée me révolte,
« voyez-vous !... Mais qu'ai-je donc fait de ma pantoufle ? —
« Ma chère amie, la voilà sur cette charmille, où vous l'avez
« lancée dans votre accès de colère. Celle de Cendrillon n'était
« pas plus mignonne. Je suis bien tenté de la garder et d'en
« faire une constellation qui figurerait fort bien à côté de
« celle de Bérénice. Une belle chevelure est l'encadrement
« obligé d'un joli visage de femme, mais outre que la vôtre
« si opulente, si soyeuse et d'un noir de jais si luisant,
« excite l'admiration de vos adorateurs et la jalousie de vos
« rivales, vous avez, marquise, le plus joli petit pied qu'on
« puisse voir, éloge que ne fait pas de celui de la célèbre reine

« d'Égypte, épouse de Ptolémée Soter, le mathématicien Co-
« non, qui mit au ciel sa chevelure. Calmez-vous, ma chère,
« mes amis et moi nous résisterons. Il ne tiendra pas à votre
« esclave que le grand Galilée ne figure sur la sphère au lieu
« de son télescope (avec lequel, au reste, il découvrit les
« quatre lunes de Jupiter), et Vasco de Gama, qui tourna le
« *Cap de Bonne-Espérance*, au lieu de l'équerre ou du com-
« pas. — A la bonne heure ! mon cher savant.

> « — Mais ces graves débats soutenus pour vous plaire
> « Me vaudront-ils, marquise, un regard moins sévère ?
> « Puis-je *espérer* qu'un jour, comme l'heureux Gama,
> « Je . . . .

« — Vous êtes bien pressant, mon ami ! nous verrons cela
« plus tard . . . Le ciel se couvre et je crois qu'on m'appelle,
« rentrons. — Vous m'en donnez à garder, méchante ! et bien
« rentrons. » Mais ma lourde plume métallique, qui déchire
le papier comme un grattoir, aurait-elle la prétention de riva-
liser avec celle de Fontenelle, qui l'effleurait à peine ? Il est
bien temps, pour mon honneur, que je mette un terme à mes
divagations, et que je me rappelle ce passage de la *Thébaïde*,
où Stace conseille à sa muse de ne pas entrer en lutte avec
celle de la *divine Énéide*, mais de se borner à la suivre de
loin et d'en adorer toujours les traces :

> « *Sed longè sequere, et vestigia semper adora.* »

Je finis donc ici cette préface, dont la longueur, je le crains,
ne manquera pas d'être critiquée, le frontispice d'un édicule
devant toujours être en rapport avec la petitesse du monument.

UNE

NOUVELLE ÉTOILE

MICROSCOPIQUE.

*

« Sic itur ad astra. » (VIRGILE.)

Savez-vous la nouvelle? — Non.
— Fameux par ses déconvenues,
Notre poëte, jusqu'aux nues
Vient de s'élever, nous dit-on.
Vous a-t-il montré son jeton?
— Quel jeton, Monsieur?... pas encore.
— Un jeton de Clémence Isaure.
— D'Isaure! oh, le précieux don!
Pour un rimailleur quelle aubaine!
— Oui, quand il a vingt ans à peine,
Et que de ses jours l'écheveau
Résiste au mordant du ciseau
De Lachésis ou de Clotho,
Comme s'il était métallique;
Mais, pour un débile vieillard
Édenté, flétri, rachitique,
C'est mordre au laurier un peu tard,

NOTA. *Arthur* et *Jules* sont les noms des deux interlocuteurs.

1

Comme un vieux lapin de garenne
La noble dame toulousaine,
Qui d'une abbesse de couvent
A le sévère ajustement,
Paraît n'avoir pas la trentaine.
Vraiment, je m'attendais à voir
La patronne du *Gai-savoir*
Avec le sourire à la bouche.
Mon Dieu, d'une sainte nitouche,
A part son habit monacal,
Elle n'a pas toute la mine;
Pourtant, sous son ample étamine,
Je lui voudrais (serait-ce mal?)
Un air un peu plus jovial,
Quand au lorgnon je l'examine;
Ce grand air de sévérité
Effarouche un peu la gaîté.
— Sans doute, et la Société [1],
Qui de l'esprit du jour s'effraie,
S'enveloppe de dignité,
Moralise avec gravité,
Et se garde bien d'être gaie.
De Clémence, en ses jeunes ans,
Les traits, donnés pour ressemblants,
Sont emmaillotés d'un grand voile.
— Mon cher, à la mode du temps,
D'après les anciens monuments,
En marbre, sur bois ou sur toile.
— Notre ami devient une étoile,
A laquelle il faut un beau nom,
Un nom qui soit mythologique.
— Dans quel point du ciel la met-on

Cette étoile microscopique?
Des Pléiades ne parlons pas;
D'étoiles fixes cet amas
Pour la sienne n'a plus de place;
Les *Félibres* [2] y sont en masse;
Celle de Mistral s'y prélasse.
Dans la Voie lactée [3], au besoin,
On pourrait lui trouver un coin;
Mais, dans cette blanche traînée,
La pauvre étoile confinée
Ne jetterait pas grand éclat,
Car, ses pareilles, d'un blanc mat,
Y sont comme des grains de sable,
Ou bien, comme des grains de sel
Dans une salière, sur table;
Et l'on dirait que l'Éternel,
Dont la pensée est insondable,
Pour un besoin éventuel,
Là les a mises en réserve,
Comme ce brillant pulverin
Qu'un papetier a sous la main,
Et qu'il tient dans une conserve.
Dans le signe du Scorpion
Devait-on la loger? — Oh non!
C'eût été se montrer sévère;
Il n'a pas le fiel de Voltaire,
Son regard méchant, son *rictus*....
— Il n'a pas son esprit non plus;
Mais celui qu'il possède empêche
Que son astre n'orne la Crèche
Des Deux Anes, assez heureux
Pour scintiller au haut des cieux,

Loin de la Mouche boréale,
Et plus loin de la Mouche australe.
Quelle touchante attention !
Et vous ne voulez pas me dire
Dans quelle constellation
Sera l'étoile en question ?
— Devinez. — Eh bien, dans la Lyre.
J'y suis, convenez-en sans rire,
Me voilà sorti d'embarras.
— Non, vraiment, vous n'en sortez pas.
— Non ! ce sera donc dans la case
Consacrée au cheval Pégase ?
— Non plus. — De chercher je suis las ;
Vous me feriez mettre en colère.
Ah, bon ! je songe au Sagittaire,
Car les âmes de ces auteurs
Qu'on vit, en hardis tirailleurs,
Faire ici la petite guerre,
Sont, sans doute, en ce luminaire.
Eh ! quoi donc, je me trompe encor,
Et négatif est votre signe !
Allons, je vais passer la ligne !
Et, parmi ces brillants clous d'or
Que nous appelons du nom d'astres,
Plus nombreux que dans le trésor
Des Rothschilds ou d'un grand milord
Ne sont les ducats et les piastres,
Les napoléons, les florins
Et les thalers et les sequins,
Je vais braquer mon télescope
Sur le groupe du Microscope,
Ou bien, l'ami, *vice versâ*,

L'objectif de mon microscope
Sur le groupe du Télescope ;
Car, pouvait-on s'attendre à ça !
L'un et l'autre groupe stellaire
Brillent dans l'austral hémisphère ;
Et je joûrais bien de malheur,
Si l'étoile microscopique,
Qu'à chercher si loin je m'applique,
Ne projetait pas sa lueur
Sur les mers et le sol d'Afrique !
— Eh bien, ce n'est pas encor là
Que le comité poétique,
Joint au conclave astronomique,
A logé cette étoile-là.
— La malice eût été bien bonne
Et digne du fameux jeton !
— C'eût été fâcheux pour Narbonne,
Si pauvre, avec son vieux Varron ⁴...
— Qu'Horace encor très-peu ménage,
Jules Janin pas davantage.
— Si pauvre, avec son vieux Varron,
En poètes de grand renom.
Entre une étoile disparue
Dans les profondeurs de l'éther
Et celle qu'on n'a jamais vue,
A moins de passer le Cancer,
Et qui, l'été comme l'hiver,
N'émerge de l'abîme immense
Que le temps que dure un éclair,
Je vois bien peu de différence.
Mais avec tout cela, mon cher,
Ne vous gelez pas sur la plage

De Benin ou de Calabar.

— Comment, geler? — Terme d'usage

Quand on joue à Colin-Maillard;

On s'y rôtit, tout au contraire.

Repassez dans notre hémisphère,

Car, voyez-vous, le ciel austral

Est terne, froid, triste, banal

Et privé d'une poésie

Faite pour l'Europe et l'Asie.

On n'y voit que des instruments,

Des Télescopes*, des Sextans*,

Des Boussoles* et des Octans* ₅,

Une Horloge* et, chose comique!

Une Machine pneumatique*,

Sans compter un certain Vaisseau*,

Auquel je tire mon chapeau

S'il est bien le navire Argo* ₆,

Qui, sur son rôle d'équipage,

Portait le fabuleux patron

De notre vieil Anacréon,

Galion d'un si fort tonnage

Que, quand ce bâtard de Jupin,

Qui n'avait pas le pied marin,

Demandait à descendre à terre,

Pour chasser, non pas le lapin,

Mais l'Ours*, le Tigre* ou la Panthère*,

Avec son ganymède Hylas....

(Il lui fut enlevé, hélas!

Par une nymphe bocagère

Éprise du jeune blondin,

Qui, l'étreignant contre son sein,

Le fit choir dans une rivière,

Avec son Urne pleine en main,
In caput, ou tête première,
Façon d'aimer bien singulière !)
L'Argo, soulagé d'un tel poids,
Se relevait d'au moins dix doigts.
— Je ne cherche pas davantage;
Il fut marin dans son jeune âge.
Allons ! allons ! l'astre nouveau
Brille à l'écubier [7] du Vaisseau,
Si rapproché de la poulaine,
Qu'on doit en respirer l'haleine.
Je puis donc crier : *Euréka !* [8]
— Pas encor, Jules. — Dans ce cas,
Poursuivons la nomenclature :
Ajoutez, si je n'erre pas,
Tout un Atelier de sculpture,
Avec Règle, Équerre et Compas;
Item, pour clôre l'inventaire,
Mon cher, en style de notaire,
Des astres de l'autre hémisphère ;
Item, une Table [9], un Fourneau,
Une Grue, un vilain Corbeau
Avec un Renard [10] pour compère,
Porté, sans doute, au firmament
Sur l'aile du Poisson Volant.
Ai-je enfin trouvé mon affaire ?
— Du tout. — Ma foi, j'en désespère ;
J'y perds, comme on dit, mon latin.
Mais si l'astre qui me tourmente
N'était qu'une étoile filante
Au bout du clocher Saint-Sernin [11].
Le tour serait assez malin.

N'importe !... Avant de donner suite
A cette recherche insolite,
Laissez-moi semoncer un brin
Le prêtre, d'un très-grand mérite,
Mais sur un point malavisé,
Par qui ce ciel fut baptisé.

O vénérable abbé La Caille ! [12]
Qu'avec regret ici je raille;
Qui le premier, lunette en mains,
Observas ces soleils lointains,
Précisas, sous l'autre tropique,
Leur place, avec tant de labeur,
Tant à l'égard de l'équateur
Que par rapport à l'écliptique,
Pourquoi, dans le ciel antarctique,
Enlever ce lourd attirail,
Tous tes instruments de travail,
En un mot, toute ta boutique,
Et non pas Horn [13] et Magellan,
Christophe Colomb [14], bien plus grand,
Qui brisa les poteaux d'Hercule
Et leur écriteau ridicule
Par le fameux *nec plus ultrà*,
En bon français : rien au-delà,
Et le fier Gama, son émule?
Pourquoi donc oublier encor
Le grand géant Adamastor [15],
Ce gardien du Cap des tempêtes,
Qui prédit les plus grands malheurs
A ces hardis navigateurs,
Et dévoua les nobles têtes

A la rage des éléments,
De ces chercheurs forts et vaillants,
Auprès desquels les argonautes
N'étaient que de vrais caboteurs,
Moins éprouvés que nos pêcheurs,
Et qu'assiégeaient toutes les peurs
Quand ils perdaient de l'œil les côtes ?
Donner à ces astres nouveaux
Des noms si glorieux, si beaux,
Doter le ciel de pareils hôtes,
T'eût valu les remercîments
Des poètes et des savants.

Puisque avec un plaisir sincère
Vous suivez ma digression,
Ici permettez-moi de faire
Une bonne réflexion :
Les voyages autour du monde,
Avec octans, cartes et sonde,
Nous prouvent, depuis très-longtemps,
Que, pour trouver des continents,
Des golfes à des mers semblables,
Des détroits, des lacs navigables ;
Franchir des caps ceints de récifs,
Même avec de frêles esquifs ;
Louvoyer, dans des groupes d'îles,
Aux passes les plus difficiles,
Et pour signaler maint îlot
Que couvre et découvre le flot,
Près du gouvernail, deux boussoles
Indiquant à peu près les pôles
Et se mouvant sur un pivot,

En tout temps, dans leurs habitacles [16],
Valent bien mieux, pour un vaisseau,
Qu'un grand mât rendant des oracles,
Comme faisait celui d'Argo.

Je reviens encore à La Caille,
Qui n'a pas mis au firmament,
Auprès de la Grue, une Caille,
Dont nous ririons en ce moment.
— Par modestie assurément.
Oubliez-vous qu'il était prêtre
Et probablement bon chrétien ?
Un bon chrétien sait se connaître,
N'a point d'orgueil. — Très-bien ! fort bien !
Mais plus d'un clerc de son étoffe
S'est vanté d'être philosophe ;
C'est bien pis que d'être païen !
Et ce qui le prouve de reste,
C'est qu'au sphéroïde céleste,
De tant de figures empreint,
Je n'en vois aucune de saint.
Quoi ! pas un père de l'Église,
Aucun chef de communauté,
Aucun bienheureux breveté !
Ni Bernard, ni François d'Assise,
Ni Dominique,... indignité !
Je vois bien au ciel la Baleine [17],
Mais le grand prophète Jonas
Je cherche en vain, je n'en vois pas
Le bout du nez, un bout d'oreille,
Et, certes, il est bien constant
Que de son gros ventre, ô merveille !

Il sortit frais et bien portant ;
Mais, ce que l'on croira sans peine,
Comme de l'empois tout gluant,
Et sentant l'huile de baleine
Beaucoup plus que vous et que moi.
O la science ! la science !
Bacon l'a dit, et je le croi,
Se corrompt sans la pure essence,
L'élixir exquis de la foi.
Un essai, tout à fait unique
En ce sens là, quelqu'un le fit,
Lorsque Calisto [18], l'impudique,
Prit le nom de Char de David ;
Mais ce nom n'est pas en crédit.
— Ah, Jules ! je t'ai pris en faute.
— Vraiment ! — Mais oui, deux ou trois fois,
Car tu n'as pas mis sur ta note
La Vierge, l'Autel ni la Croix ;
Tu peux bien t'en mordre les doigts.
— Mais, mon ami, qu'il t'en souvienne,
Longtemps avant l'ère chrétienne,
Chez les païens, par conséquent,
Tous les signes du zodiaque
(La Vierge en est un sûrement)
Se nommaient des noms d'à présent.
C'est ma réponse à ton attaque.
Tu partageras mon avis :
Cette vierge sans crucifix,
Jeune, fraîche, à joyeuse mine,
Et tenant en main des épis,
M'a tout l'air d'être Proserpine.
Quant à l'Autel [19], il se peut bien

Aussi qu'il soit un peu païen.
Pour la Croix, ce qui me déroute,
C'est qu'à la sidérale voûte
J'en vois resplendir au moins deux
D'un éclat assez radieux.
La sainte, est-ce la Boréale?
— C'est bien plutôt la Croix australe.
Le voilà, je m'en crois certain,
Le signe, qu'en un ciel serein,
Quand il luttait contre Maxence,
Vit luire le grand Constantin,
Et qu'il mit au bout d'une lance;
Cet étincelant *labarum*,
De la foi le *palladium*,
Gage de tant de *Te Deum*,
Chantés par la reconnaissance !
— Doucement, Arthur, doucement,
Car l'erreur serait capitale.
Pour terminer ce différend,
Consultons quelque grand savant
A connaissance spéciale.
Je ne te cache pas, mon cher,
Que, dans l'intérêt de ma thèse,
Je voudrais fort, ne te déplaise,
Qu'on pût tirer la chose au clair;
Oui, vraiment, j'en serais bien aise,
Car, si ces constellations
Sont décrites par Ptolémée [20],
Serviteur, tes objections
S'évanouiront en fumée.

Toutefois, au même degré,

Comme on avait lieu de le craindre,
Tous les saints n'ont pas à se plaindre :
J'en sais un de très-vénéré
Du Portugais et de l'Ibère ;
De tout Gitane il est le père,
Des Algarves à l'Aragon,
Je veux dire le bon patron.
Du ciel réel à Compostelle,
Fameux par sa riche chapelle,
Il vient par un chemin aisé
Et soigneusement ratissé,
Avec l'outil dont l'astronome
A fait l'astérisme [21] si beau
Connu sous le nom du Râteau [22],
Chemin que le bas peuple nomme
De Saint-Jacques; l'antiquité
D'un nom fabuleux l'a doté.
Mais si sur la céleste sphère,
Par une faveur singulière,
Le grand saint Jacques voit soit nom,
Ce n'est que grâce à son Bâton [23],
Comme Noé le patriarche,
Grâce à la Colombe [24] de l'arche.
Cet honneur suffit-il? Oh, non !

Mais quand des chiens de toute espèce,
Que dis-je ! quand tant d'animaux,
Quadrupèdes, serpents, oiseaux
Dont on s'effraie ou qu'on caresse,
Qu'on musèle ou qu'on mène en laisse,
Vivant dans les airs, sous les eaux,
Sur la terre ou bien amphibies,

Tant de Corbeaux et tant de Pies,
Tant de Glaives et tant de Dards,
Tant de Chariots et de Chars,
De Lions et de Léopards,
Tant de Sceptres et de Couronnes,
De Cercles et de Polygones,
D'Ateliers et de Chevalets,
De Perruques et de Toupets,
De fleuves, ruisseaux ou fontaines,
De cyprès aigus ou de chênes;
Quand l'Écu de Sobieski,
Le Taureau de Poniatowski....
(J'allais oublier Deux nuages [25]
Et les Trois rois, non les trois mages.)
Mais aussi, quel vaste circuit !
Lorsque de Brandebourg l'étoile,
Si faible un temps, et, de nos jours,
D'un éclat qui s'accroît toujours,
Luisent au ciel, sur ce grand voile
Dont se pare une belle nuit,
Des pôles jusqu'au zodiaque ;
Saint Roch, moins heureux que saint Jacque,
Saint Roch, et pour lui c'est bien dur !
N'y voit ni son chien, ni sa gourde,
Et je lui crois l'oreille sourde....
Je n'en sais rien, mais j'en suis sûr,
Pour tous ces grands uranomètres,
Navigateurs, docteurs ou prêtres,
Lorsque, par la bourrasque atteints
Ou délaissés des médecins,
Et répugnant au grand voyage
Où la Boussole est hors d'usage,

Ainsi que le Loch et l'Octans [26]
Et la *Connaissance des temps* [27]
Et la *Table des Logarithmes*,
Ils l'invoquent, avec ferveur,
Par des prières de tous rhythmes :
On est sans foi, mais non sans peur.

D'étoiles qu'on nomme primaires,
Secondaires ou tertiaires,
En voilà bon nombre, je croi,
Et je n'ai pas rencontré celle
Que je cherche avec tant de zèle !
Je le laisse à plus fin que moi ;
Tant de fatigue m'exaspère !
Je veux décharger ma colère....
— Sur qui donc ? — Sur La Caille ou toi.
— Pourquoi pas sur notre poète ?
— Oh ! je lui laverai la tête
Avec de l'eau plus ou moins nette
Et du savon que Monpelas,
A coup sûr, ne débite pas !
— A la bonne heure, mais La Caille
Avec lui pourquoi partir maille ?
Je ne puis t'en savoir bon gré.
— Toujours je lui reprocherai
De n'avoir pas de noms illustres
Du ciel étiqueté les lustres ;
Offert à nos regards ravis
Ceux de Behring, Hudson, Davis.
— Hudson !!! — Oh ! non pas Hudson Lowe,
Cette farouche bête fauve,
Ce geôlier de Napoléon !

Mais le fameux marin Hudson.
Tous ces instruments dont on vante
L'admirable précision
Et la puissance amplifiante,
Qu'avec tant de dévotion
Il mit sur l'autel d'Uranie,
Qui les inventa ? le génie.
Le génie a pourtant un nom :
C'est Tycho-Brahé, c'est Newton,
Képler, Laplace, La Pérouse,
C'est Fermat, l'honneur de Toulouse.
Je voudrais, un globe à la main,
Voir le graveur, non le Burin ;
Non pas la Machine électrique,
Mais l'inventeur qui la fabrique ;
Le Cœur d'un héros malheureux,
Non celui d'un roi scandaleux.

— Ce roi scandaleux dont tu parles
Est probablement le roi Charles,
Le très-dissolu Charles deux,
Et, dans le héros malheureux,
Je n'ai pas peine à reconnaître
Un guerrier du plus beau renom,
Qui le fût autant qu'on peut l'être,
Le grand proscrit Napoléon.

— Ce Charles deux eût de la chance
Beaucoup plus qu'aucun roi de France
Ou de sa fière nation,
Car deux astres portent son nom !
Son Cœur est vers le pôle arctique,

Et son Chêne au ciel antarctique,
En mémoire du chêne-vert,
Qui le protégea dans sa fuite,
Vaincu qu'il fût à Worcester,
Quand, acharnés à sa poursuite,
Ses régicides ennemis
Eurent porté sa tête à prix.

Ce chêne [28], qu'un beau planisphère,
Présent d'un commodore anglais
Un temps prisonnier des français,
Montrait au héros solitaire,
Couronnant un îlot brumeux
Battu pas les flots orageux
(Tel le figure un astronome),
Assombrissait le noble front,
Dignement serein, du grand homme,
Que minait un chagrin profond.
Quelques gommiers, au lieu du chêne,
Ne dirait-on pas Sainte-Hélène [29],
Ce rocher inculte et maudit,
Où nul oiseau ne fait son nid,
Cet excrément de l'atlantique,
Désolé par les vents d'Afrique,
Où, sous le soleil du tropique,
Tout se dessèche et dépérit ?

A ce sujet, dans sa mémoire,
Il repassait toute l'histoire
Du souverain dont il s'agit :
Le sort de cet autre proscrit
Éprouvé par bien des désastres,
Que Monk au trône rétablit,

2

Et qu'Halley [30] mit au rang des astres,
De ce monarque corrompu,
Du roi-soleil [31] le satellite,
Qui, se mouvant dans son orbite,
A prix d'or, n'eût d'autre vertu,
Dans sa voluptueuse vie,
Que son goût pour l'astronomie,
Quand il le comparaît au sien,
Lui prouvait l'immense avantage,
Dans un congrès européen,
D'un sceptre, échu par héritage
Et dont le temps est le gardien,
Sur celui d'un grand citoyen
Élu par le public suffrage.
Viennent les jours des grands revers,
Eût-il fait tête à l'univers !...
— Bah ! poursuivre ce parallèle
D'un prince obscur et d'un héros,
C'est comparer la crécerelle
A l'aigle, le roi des oiseaux.
Laisse donc là ce triste sire,
Qu'il soit encore un astre ou non,
Car, dans Lalande, j'ai pu lire
Que trente ans après environ,
Un astronome de renom [32]
Le fit entrer dans le navire
Que monta le fameux Jason,
Avec son sidéral cortége,
Et lui fit perdre ainsi son nom.
D'où lui vint un tel privilége ?
— Je crois en savoir la raison :
Sa constellation du chêne,

Halley la fit à Sainte-Hélène,
Aux dépens du navire Argo,
Dont il déroba, non les voiles,
Mais les neuf plus belles étoiles.
Ce fut un grand esclandre ! *Ergo*,
La Caille n'avait pas à craindre
Que l'illustre Halley vint se plaindre ;
Au fait, il ne se plaignit pas.
Je m'explique... au moins ici-bas.
Il passa de vie à trépas,
Fila dans quelque autre planète,
D'où, s'il garde ses anciens goûts
Et se souvient encor de nous,
Il nous observe à sa lunette.
— Oh ! oh ! dans ces astres errants
Il paraît qu'on vit très-longtemps.
— Cela tient à leur atmosphère.
— Mais on prétend qu'ils n'en ont pas.
— Je puis me tromper ; en tout cas,
Pour moi l'enquête est à refaire.

— Tes épisodes sont plaisants ;
Mais quoi, toujours du badinage !
J'en sais un des plus attachants
Par la grandeur du personnage :
L'empereur en serait l'objet ;
Il se lie à notre sujet
Par Halley, La Caille et leur chêne.
Mettons le cap sur Sainte-Hélène ;
Nous pouvons y mouiller sans peine.
Depuis que l'illustre exilé,
Après une longue torture,

De ce bas monde rappelé,
Paya sa dette à la nature,
Et que, changés de sépulture,
Ses ossements sont aujourd'hui
Sur les bords riants de la Seine,
Dans un tombeau digne de lui,
Près de celui du grand Turenne,
L'île affreuse de Sainte-Hélène,
Sous un gouverneur plus accort,
A tout navire ouvre son port,
Soit que, fuyant sous sa misaine,
La tempête qui se déchaîne,
Une galiotte, en pantenne,
Espère y trouver son salut,
Soit que, privé de victuaille,
Et sachant qu'on s'y ravitaille,
Un brick, parti de Calicut
Pour Lisbonne, aux rives du Tage,
Y vienne chercher un mouillage
Pour rafraîchir son équipage,
Effrayé d'un cas de scorbut.

— Sous Hudson, quelle différence !
Tant qu'y languit notre empereur,
Plus malheureux que Philoctète
(Laissé dans l'île de Lemnos,
Dont il fatiguait les échos
Par des cris à fendre la tête),
Plus malheureux que Philoctète,
Car sa blessure était au cœur,
Profonde, incurable, muette,
Ce détestable gouverneur

Y fit dominer la terreur.
Si dans *le Bowl de punch du diable* [33],
En battant l'île incessamment,
Il fut tombé par accident,
Et, sans se fracturer le râble
(Je n'en doute pas un moment),
Dans les enfers, le misérable,
Par sa malice fort connu,
Eût été le très-bien venu.
Ce sbire à la face sinistre,
Satan l'eût fait premier ministre.
Par un banquet ou par un *lunch*,
On n'aurait pas manqué le punch
Préparé dans une chaudière,
Il eût festoyé le Cerbère,
Chargé d'exécuter ses lois;
Et, s'élançant du noir cratère,
Un phénoménal feu grégeois,
Parfumé de soufre et de poix,
Qu'on aurait pu voir de Madère,
De Ténériffe et du Cap vert [34],
Aurait annoncé le dessert
Terminé par la sarabande,
Que, pour la cornifère bande,
Dans son opéra de Robert,
Composa le grand Meyerbeer.

— Plus de croisière en ses parages [35];
Ses rochers pelés et sauvages,
Parsemés de chétifs buissons,
De quelques gommiers moribonds.
D'un Hudson l'humeur inquiète

Ne les garnit plus de canons,
Démasquant leurs cous noirs et longs,
Depuis la base jusqu'au faîte.
On ne voit plus sur leurs plateaux
Tournoyer en l'air la fumée
Des tentes d'un vrai corps d'armée [36],
Y flotter guidons et drapeaux.
Ces braves gens, sur le « qui vive ! »
Au moindre bruit, harnais au dos,
Et qu'une consigne excessive
Laissait rarement en repos,
Pour charmer l'ennui de leurs veilles,
Silencieux et tout oreilles,
Écoutaient quelque vieux sergent,
Qui servit sur le continent,
Leur conter la haute vaillance
Et les prodigieux exploits
De ce fameux faiseur de rois,
Aujourd'hui sous leur surveillance ;
Et lorsque l'Hector de la France,
Pour l'anglais, un autre Annibal,
Leur apparaissait à cheval
Ou dans son modeste équipage,
Avec ses compagnons d'exil,
Alors, malgré l'*Alien-bill*,
Dût Hudson en crever de rage,
Ils couraient tous sur son passage,
Et leurs saluts respectueux [37],
Qui le vengeaient de maint outrage,
Flattaient le guerrier malheureux.

Sur le mont ardu de Diane,

D'où trépide en petits ruisseaux [38]
L'eau salutaire et diaphane
Dont s'abreuvait notre héros,
Et qui, par des conduits nouveaux,
Grâce à lui, baigne et désaltère
Le boulingrin et le parterre
De la ferme du vieux Longvood,
Où toute ombre faisait défaut,
Sur ce pic plus de sémaphore [39]
Pour voir, dès que poindra l'aurore
Ou du soleil un vif rayon,
Si, dans le champ d'une lunette
De fort calibre, claire et nette,
Blanchit au bord de l'horizon
La voile trigone ou carrée
Du plus petit chasse-marée,
Et pour en aviser Hudson,
A l'âme basse et timorée,
Excessives précautions,
Se chiffrant par des millions,
Dont de lord Bathurst la vengeance
Imposait la forte dépense
Pour la garde d'un seul captif,
Victime de sa confiance,
Terrassé, vieilli, maladif,
Et pour punir en lui la France,
Qu'il défendit comme un lion.
Reviens donc à Napoléon,
Ce cauchemar de l'Angleterre;
Dans ses erreurs rien de vulgaire,
Dans ses projets tout est profond,
Mais souvent aussi téméraire !

Au souvenir de sa misère
Le cœur se trouble et se confond.

— Tu me tiens, l'ami, sous le charme
Par ta vive description.
J'en essuie, Arthur, une larme.
Une noble émulation,
Vois-tu, de mon esprit s'empare,
Pensant au traitement barbare
Qu'il subît dans son cabanon
Enfumé, bas, étroit, humide,
Battu des vents, frêle et sordide [40],
D'après Las-Caze et Montholon :

Comme sur le Bellérophon [41]...
Le Northumberland, veux-je dire,
Quand commençait l'affreux martyre,
A travers l'immense océan,
Comme sur le Northumberland,
Vers le milieu de la journée,
Sa tête, hélas ! découronnée,
Des rayons d'un soleil brûlant,
Par une toile goudronnée [42],
Avait peine à se garantir,
Alors on l'entendait gémir,
Regretter, sur ces rocs sauvages,
Les vergers et les gras herbages
Et les grandioses ombrages
De ses manoirs impériaux,
Ruisselants des plus belles eaux :
« Un chêne ! criait-il, un chêne [43] !
« De la verdure, une fontaine,

« Un peu d'ombrage et de fraîcheur ;
« Et sur cette roche malsaine,
« Où des rois m'a jeté la haine,
« La haine que nourrit la peur,
« Je sentirais moins mon malheur
« Et le poids si lourd de ma chaîne ! »

Tiens, ne m'en crois pas si tu veux,
Je suis sûr que le malheureux,
A qui la fortune infidèle
(Il avait trop compté sur elle)
Fit perdre, en une seule fois,
En lui retirant sa tutelle,
Tout le fruit de ses grands exploits,
Soumis, dans un îlot sauvage,
Au plus infâme espionnage [44],
Et qui n'eût jamais sous les yeux,
Au lieu des beaux sites de France,
Que des rochers, la mer immense,
Un ciel constamment pluvieux,
Dont aucune étoile peut-être
En Corse ne l'avait vu naître,
Aurait donné tout son trésor,
Qu'ai-je dit ! tout son fond de bourse,
Quelques milliers de pièces d'or [45],
Hélas ! sa dernière ressource,
Près de sa fin, pour voir encor
Le ciel d'Europe... la Grande ourse,
Le Dragon que tua Cadmus,
Cassiopée, Ophiocus,
Pour voir Andromède, Persée,
La Lyre, voisine d'Orphée,

Plus près d'Hercule, dont les doigts
N'y touchèrent jamais, je crois,
Mais qui fila plus de cent fois,
Aux genoux de la fière Omphale,
Du plus beau lin du mont Ménale,
Toutes ces constellations,
Par lui souvent examinées
Pour y lire ses destinées [46],
La veille des grandes journées
Qui lui livraient des nations,
Par leurs désastres consternées,
Heureux et poétiques noms,
En charmants souvenirs féconds,
Voir surtout l'étoile Polaire [47],
Qui fut son symbole naguère,
Quand, au plus fort de ses succès,
Dans Erfurt, un acteur français,
Applaudi d'un royal parterre [48],
Déclamait les vers de Voltaire,
Exaltant le soldat heureux,
Qui fut roi, sans besoin d'aïeux.
Que dis-tu de mon hypothèse ?
— Qu'elle est plausible... c'est égal,
Ce trait d'histoire me fait mal ;
J'en suis ému ! ne t'en déplaise,
Jules, reviens au jovial.

— Ce sera chose bientôt faite;
« Une bonne comparaison, »
Nous dit l'amant de Marinette,
Le facétieux Gros-René,
« Aux frais appas acoquiné »

De l'appétissante soubrette,
« Fait mieux sentir une raison, »
Et rend une preuve complète.
Je suppose qu'un beau matin,
En descendant dans ton jardin
Laissé la veille ou l'avant-veille
Émaillé des plus belles fleurs,
Fraîches, aux plus riches couleurs,
Tu visses la grande corbeille
Veuve de ses plus beaux œillets,
Remplacés par des bouquets-faits ;
Les plates-bandes tapissées
De soucis... au lieu de pensées ;
Le splendide magnolia
Supplanté par l'accacia ;
A la place du laurier-rose,
Les lauriers-sauce s'étalant,
Et tout le reste à l'avenant ;
Choqué de la métamorphose,
Tu maudirais certainement
Le nécromant, l'enchanteresse
Qui t'aurait joué ce tour-là.
Un dépit comme celui-là,
Dans son accablante tristesse,
Fut ressenti par l'Empereur
Lorsque, par-delà l'équateur,
Au tropique du Capricorne,
Il ne vit lui sourire au ciel
Que Xiphéas, le Chat, Rigel [49],
Le Monokéros ou Licorne,
Le Compas de mer, le Toucan,
L'Aérostat, le Microscope,

Le Loch, le Rat, le Télescope,
L'Oiseau-sans-pattes et le Paon,
Un tas d'astérismes vulgaires,
Dont les dénominations,
Que ne connurent point nos pères,
Admises sans réflexions,
Sur la bouche appellent le rire.

— Jules, je vais te contredire
Par quelques observations
Que ton étrange erreur m'inspire.
Notre Grand Homme, toujours craint,
Couché près d'un volcan éteint,
Comme Marius, à Carthage,
Sur les débris d'un sarcophage,
Qui serait mort sans sourciller,
Ainsi que Murat, son beau-frère [50],
Mais qu'on n'osa pas fusiller,
Pensant autrement s'en défaire,
Ne voyait plus ou presque plus
Le Dragon que tua Cadmus;
Il ne voyait plus, dans sa course,
Le train pompeux de la Grande ourse,
Ni le Petit char étoilé,
De trois maigres bœufs attelé,
Et qui ne fait qu'un tour de roue,
Comme s'il tournait dans la boue,
Pendant que le Grand, mieux conduit,
Dans le même temps, en fait huit;
Le Caméléopard, Persée,
La sensible Cassiopée,
Mère d'Andromède, Céphée...

Mais il voyait Antinoüs,
L'immortel bouvier Arcturus [50],
Et d'Ariane abandonnée
La couronne jamais fanée,
Car le second de ses amants,
Bacchus, le conquérant de l'Inde,
La lui fit en beaux diamants [51]
Aussi gros que des œufs de dinde,
Et le rutilant Sirius [52].
S'il perdait l'étoile polaire,
Il avait de quoi se refaire :
Il put apercevoir encor
Bérénice [53], à la tresse d'or,
La tête affreuse de Méduse
Et Lampétie et Phaétuse,
Sœurs de l'imprudent Phaéton,
Et le grand chasseur Orion,
Sans frein dans sa concupiscence,
Qui mérita plus qu'Actéon [54],
Coupable d'une moindre offense,
D'attirer sur lui la vengeance
De la chaste sœur d'Apollon;
Du Zodiaque tous les signes,
Par leur brillant éclat insignes.
Avec un peu d'attention,
Armé d'une bonne lunette,
Au nord et près d'Astérion,
De Chara, la belle levrette,
Ces chiens favoris d'Orion,
Par un temps clair à l'horizon,
Il put voir, des pieds à la tête,
Le Cygne, au plumage d'argent,

Le cygne-dieu, qui se jouant
Près de Léda, sans défiance,
Encore dans l'adolescence,
Qui le pressait contre son sein,
En le caressant de la main,
Abusant de son innocence,
En obtint deux œufs sans pareils,
D'où naquirent, frais et vermeils,
Les deux illustres Dioscures [55]
Et deux célestes créatures [56]
Plus belles que les plus beaux jours,
Mais sans pudeur dans leurs amours,
Qui devaient, par leurs adultères
(Sources de meurtres et de guerres),
Publiés dans tout l'univers
Par les légendes et les vers,
Étonner les races futures
De leurs tragiques aventures;
Le fameux centaure Chiron [57],
Qui, dans les bois du Pélion,
En bêtes féroces fertile,
Nourrit de moelle de lion
Et, pour la terreur d'Ilion,
Aguerrit son divin pupille,
L'inexorable et fier Achille;
Aldébaran, l'œil du Taureau,
Du Taureau, ravisseur perfide,
D'Europe, cette enfant timide,
Faisant encor tout son bonheur
D'un coquillage, d'une fleur,
Des caresses de sa chevrette,
Qu'à travers les flots mugissants

Et les cétacés bondissants,
Il porta dans l'île de Crête,
Rapide comme un aviso,
Toute en larmes, pâle et défaite,
En proie aux plus amers regrets,
Et demandant en vain sa mère;
Et le monstrueux Fomalhau,
Dont la pure et vive lumière
Balance celle d'Antarès,
Attends donc!... il pouvait voir l'Aigle,
— L'Aigle !!! — allons, ne fais pas l'espiègle,
Tout aussi bien que de Paris;
Fais donc semblant d'être surpris.
Je ne parle pas de la Claire,
De Régulus et du Dauphin,
D'Algénib et du Solitaire;
Faut-il bien se borner enfin.
Pourtant ce dauphin m'intéresse,
Comme ami de l'humaine espèce.
On en dit autant du Lézard,
Qui nous garde de la Couleuvre;
En voici deux traits, au hasard,
Oh, le dauphin n'est pas la pieuvre !
Il fut le sauveur d'Arion,
Grand harpiste, aussi bon poète
(Qui n'est pas du tout Orion),
Submergé par une tempête
Entre Rhode et l'île de Crête.
C'est si vrai qu'il en porte encor
Le nom d'*Arionis Vector*.
Acclamé dans toute la Grèce,
Depuis son nom grandit sans cesse;

Et, dans une autre occasion,
Pour avoir, dans les eaux d'Ithaque,
Sauvé le jeune Télémaque,
Il gagna le prix Montyon.
Mais sans pitié pour l'ignorance,
Qui s'allie à la suffisance,
Ayant, un jour, mis sur son dos
Un singe, qu'il prend pour un homme,
Dont le bavardage l'assomme,
Il le rejette dans les flots,
Quand il s'aperçoit que le drôle,
Ne pouvant soutenir son rôle,
N'était pas un autre Strabon,
Et qu'il avait pris tout de bon,
Dans son ignorance avérée,
Pour un nom d'homme le Pirée.

— « *De te fabulâ narratur.* »
— Je ne te comprends pas, Arthur.
En quoi, mon ami, cette fable,
Dis-le moi, m'est-elle applicable ?
— C'est que le mot Horn, j'en suis sûr,
Que tu me citais tout à l'heure
(Et, pour te mettre au pied du mur,
J'en veux soutenir la gageure ;
Tu le sauras à tes dépens),
Est un nom de ville, et non d'homme,
Comme le pensent tant de gens,
Et tu prends « Vaugirard pour Rome. »
— Tu m'étonnes ! quoi, Magellan,
Cook, Behring, Hudson et Melville,
Smith, Baffin, Davis, Le Vaillant,

Franklin, Vancouver, Bougainville
Furent des marins courageux,
Dont les heureuses découvertes,
Caps, détroits, lacs, îles désertes,
Ont consacré les noms fameux,
Horn lui seul est un nom de ville.
Arthur, si tu n'es généreux,
Je passe pour un imbécile.
— Tout est entre nous; sois tranquille.
— Qui donc franchit, en premier lieu,
Le cap de la Terre-de-Feu?
— C'est Schouten, d'Horn, bourg en Hollande.
— Alors l'erreur n'est pas bien grande,
Et si pour si peu les dauphins,
Ennuyés de leur sot partage,
Laissaient noyer des pélerins
Ou ponentais ou levantins,
Mis en péril dans un naufrage,
Je craindrais fort pour nos savants,
Un peu vantards et suffisants,
Du conclave archéologique,
Coulés à fond dans quelque crique
De notre golfe du Lion...
— Allons toujours un peu caustique!
— De ce grand corps les plus fameux
Seraient, je crois, les plus chanceux
Dans une passe aussi critique.

Revenant à Napoléon,
Heureux, sur la fin de sa vie,
La soif des combats assouvie,
Tout en cultivant son jardin,

3

Comme cet empereur romain
Qui déposa sceptre et couronne
Pour vivre en simple citoyen,
Dans sa villa, près de Salone,
Dont il prisait les végétaux
Plus que la pourpre et les faisceaux,
Heureux, sur la fin de sa vie,
S'il eût aimé l'astronomie,
Et qu'il l'eût pratiquée un peu
En dressant un observatoire,
Précisément au même lieu
Qui d'Halley vit poindre la gloire,
Et pas trop loin du cap, parbleu !
Où le célèbre abbé La Caille
(Bien mal inspiré qui le raille !)
Cimenta la sienne. — En effet,
Un peu moins vieux, il eût bien fait.
— Des empereurs et des califes,
Des sultans, des rois, des pontifes,
Régnants encore ou détrônés,
A cette science adonnés,
Lui durent des jours fortunés
Qu'un grand pouvoir, objet d'envie,
Leur avait rarement donnés
Dans le cours d'une longue vie.
Qui s'y consacre tout entier
Préfère le myrte au laurier ;
Et Charles deux, roi d'Angleterre,
Qui la cultiva quelque peu,
Ne goûta jamais de la guerre,
Tant s'en faut, le terrible jeu.
Alphonse dix, roi de Castille...

Assez, car de fil en aiguille,
Jules César y passerait,
Et Charlemagne le suivrait,
Peut-être le turc Ulug-Bet [58].
A la file viendraient Sévère,
Claude, Adrien, même Tibère,
Et trop d'histoire t'ennuirait.
Mais, Arthur, comment se défendre
De nommer le grand Alexandre,
Qui mit toute l'Asie à sac ;
Auquel le cousin Aristote
(Un ami de Consin, sans faute ;
Celui-là jamais ne radote,
Sauf sur l'article du tabac [59],
Mais cet autre a bien sa marotte !)
Très-fortement recommandait
D'avoir dans son conseil secret
Un ou deux hommes de génie,
Appliqués à l'astronomie ;
Car l'astronomie, entends-tu,
Dispose l'homme à la vertu ;
Du vrai, du bien, de la morale,
Elle est la base principale,
Elle applique, élève l'esprit ;
Elle guérit les maux de l'âme ;
Sur ceux que son amour enflamme
Les préjugés sont sans crédit,
Comme enfantés par l'ignorance,
Et les passions sans puissance.
La plus petite notion
De cette science sublime
Aux potentats doit faire un crime

De leur fiévreuse ambition ;
L'orgueil que donnent la naissance,
Un grand pouvoir ou l'opulence,
Elle le confond pleinement,
En fait voir toute la démence
En nous prouvant notre néant.
D'après un ancien astronome,
Les yeux ne sont donnés à l'homme
Que pour les fixer sur le ciel,
Séjour pompeux de l'Éternel,
Et prodige d'horlogerie
Fait d'un mot, sans aucun effort,
Qui jamais d'un point ne varie,
Dont jamais des ans la série,
Le temps, qui tout rouille ou carie,
Ne dérangera le ressort.
Presque point d'art qui n'en relève :
J'en ai pour bon garant Platon [60];
Et Pythagore [61], nous dit-on,
Fermait son cours à tout élève
Qui ne prouvait pas, avant tout,
Qu'il en eût quelque connaissance,
Comme fruit-sec notait d'avance
Quiconque, dès l'adolescence,
N'en manifestait pas le goût.
Il n'est qu'un ouvrier vulgaire
Dans son art, Arthur, quel qu'il soit,
Celui qui ne sait pas la sphère
A peu près sur le bout du doigt.

Tu viens de parler de La Caille,
Eh bien, je veux, vaille que vaille,

Lui dire encore un petit mot,
Et je finis tout aussitôt,
En donnant au diable l'étoile
Que je cherche si vainement
Dans tous les points du firmament.
Aussi bien tout le ciel se voile
De l'horizon jusqu'au zénith.
Andromède, un peu délaissée
Par son ancien sauveur Persée,
Va tristement se mettre au lit.
Quant à lui, Dieu sait s'il enrage !
Jamais la nuit ne fermant l'œil,
Il tourne comme un écureuil
Qu'un braconnier a mis en cage.
Que dis-tu donc entre tes dents ?
— Qu'elle n'en a pas pour une heure.
Se coucher pour si peu de temps !
Cette faculté n'est qu'un leurre.
— C'est peut-être un tour de Junon.
— De Junon, dis-tu ! — Pourquoi non ?
Du souverain des dieux l'épouse,
De ses droits conjugaux jalouse,
Aurait voulu voir en enfer
Tous les bâtards de Jupiter ;
Aussi, jugez de sa colère
Quand cet époux impérieux
En faisait des héros sur terre,
Et dans le ciel des demi-dieux.
Eh, n'est-ce pas par la vengeance
De cette implacable Junon
Que la Grande Ourse et son Ourson,
Sans sommeil depuis sa naissance,

Ont été mis dans l'impuissance
De plonger au sein de Thétis
Leurs membres lassés et roidis !

Vois-tu, l'abbé, ton Recticule
M'a toujours paru ridicule.
Quoi ! trois triangles dans les cieux !
Pourquoi pas la demi-douzaine ?
Quand c'était bien assez de deux !
Va, je te devine sans peine.
Un triangle équilatéral
Fait très-bien vers le pôle austral,
Quand l'isocèle et le scalène [62]
Rayonnent au ciel boréal.

Puisque de Schiller [63] la pensée
Était à l'envi repoussée
Et son catalogue éconduit ;
Que d'un monarque britannique
La Harpe [64], à coup sûr, hérétique,
A primé celle de David...
(Au bon vieux temps, qu'en eût-on dit
Dans l'Angleterre catholique ?)
Puisqu'on ne voulait point de saints,
Je l'ai déjà dit, je persiste,
Des noms de savants, de marins,
De héros, de grands médecins
Auraient bien mieux orné ta liste
Que ceux de tous ces instruments
De tout métal, petits ou grands,
Qui donnent au ciel antarctique
L'aspect d'une grande boutique

D'horloger ou d'opticien,
Voire de mécanicien.
A cela que répondre?... rien.

Plus tard, quand eut péri la haine,
Qui l'outrage encore aujourd'hui,
Le transporté de Sainte-Hélène
Et Bertrand, son plus ferme appui,
Qu'on vit se river à sa chaîne
Par le plus beau des dévoûments,
Ravis au céleste domaine
Y brilleraient dans tous les temps,
Et leurs étoiles, tutélaires...
(Ah, pardon! quoique bon chrétien,
Ici je m'exprime en païen;
N'allons pas gâter nos affaires!)
Et leurs étoiles, tutélaires
Aux trafiquants, aux matelots,
Aux Anglais même, leurs bourreaux,
Les arracheraient aux caprices
Des vents, des courants et des flots,
Des *cyclônes* épouvantables
Et des carybdes redoutables
Par leurs alternatifs reflux.
Ainsi, jadis, sous les auspices
Des jumeaux Castor et Pollux,
Entraînés vers quelque cyclade,
Les nautonniers de la Hellade,
Grâce à ces astres éclatants,
Se dérobaient à des brisants,
A des bancs de sable perfides,
Que de gros nuages livides,

A leurs yeux, de brume voilés,
Pendant le jour avaient célés.

— Ta sortie est presque éloquente,
Jules, et je t'en complimente.
Peste, mon cher, quelle châleur !
La Caille t'a porté bonheur.
Mais revenons à notre étoile ;
Je crains qu'une brume la voile.
Je te disais, tu le sais bien,
Au début de notre entretien,
De rentrer dans notre hémisphère
En ballon, par mer ou par terre.
— En ballon ! Arthur, en ballon !
Je crains le sort de Phaéton.
— A tort, car, après son désastre
Qui le fit choir dans l'Éridan
De la hauteur du firmament,
Phœbus, son père, en fit un astre
Que j'aperçois en ce moment.
— Que n'ai-je une aussi bonne vue !
— Eh, va-t-en donc, maudite nue !
Au bout de mon doigt la voilà !
Un peu plus haut que *Capella*...
C'est le nom latin de la Chèvre.
— Je la croyais plus près du Lièvre.
— Non, le Lièvre est près du Grand Chien
Et paraît s'y trouver très-bien.
Toujours à la même distance,
Là-haut, ces nombreux animaux
Vivent dans un parfait repos,
Avec la même confiance

Que quand, balancés sur les eaux,
Dans l'arche qui fut leur refuge,
Ils étaient témoins du déluge.
Que craindre en un Aérostat,
Un aérostat à nacelle,
Que tu ferais sur le modèle
De celui que, tout près du Chat,
A l'abri de la dent du Rat,
Pour qu'il n'en put rompre une maille,
Herschell ou Bayer ou La Caille,
A mis au ciel. Bonne trouvaille !
— Soit, mais quand je me brûlerai...
— Eh bien ! je t'en avertirai.
— Où donc est l'Étoile piteuse !
Dans quel quinquet brilles-tu là,
Astre mal né, piètre *stella*,
Si tu n'es une nébuleuse.
Suivez l'énumération :
Elle n'est pas dans Procyon,
Ce roquet qui toujours aboie,
Ni sur une patte de l'Oie,
Sur le collier d'Astérion...
— Mon pauvre ami, non, trois fois non !
— Ni sur l'oreille d'un des Anes,
Que des astronomes profanes
Figurèrent au firmament,
Pour avoir, pendant la bataille,
Terrifié par leur braiement
Ces fiers mortels d'immense taille,
Appelés Géants ou Titans,
Quand de la terre ces enfants
Firent à Jupiter la guerre,

Sans redouter de son tonnerre
Les traits certains et foudroyants.
Elle n'est pas dans la Pléiade,
Ni dans sa sœur la triste Hyade,
Ni dans l'œil du Cheval-ailé,
Qu'Apollon n'a jamais sellé [65],
Ni sur l'épaule de Céphée,
Au nombril de Cassiopée [66]...
Ornerait-elle le bandeau
De Bérénice ou Calisto ?
Tenez, j'en ai le vertigo
Et dans les yeux plus de chandelles
Qu'on n'en allumait à Sion,
Les jours de fêtes solennelles,
Dans le temple de Salomon !
Vous m'avez dit, pouffant de rire,
Qu'elle n'était pas dans la Lyre.
— Je riais, car vous vous brûliez.
— Ah! maraud, vous dissimuliez,
Et, grâce à cette réticence,
Traversant l'océan sans fin,
J'allais, le télescope en main,
Jusqu'au cap de Bonne-Espérance,
Et puis je rebroussais chemin.
Je me brûlais, donc je me brûle !
Où donc s'égarait mon esprit !
Je me fouetterais de dépit,
Tant je me trouve ridicule !
La Lyre est à côté d'Hercule.
Hercule est le prénom de choix
De notre poète gaulois !
Par saint Hercule ou sainte Ursule !

Comme si j'en voyais la bulle ,
Tout est dit, son étoile est là ;
Et sa lettre, très-minuscule [67],
Ne peut être qu'un *oméga !*
— Ce pourrait bien être un *béta.*
— Vous êtes trop méchant, cher Jule !

Octobre 1866.

NOTES.

—

1 *(page 2)*. — C'est de la société de Clémence-Isaure que je parle. Cette illustre Compagnie, en accueillant avec tant de faveur mon gros recueil de Poésies Narbonnaises, où l'enjouement abonde, a prouvé qu'elle était loin de mériter aujourd'hui le reproche que je lui fais ici d'être trop austère. Voici la lettre dont elle voulut bien accompagner son gracieux envoi du jeton-médaille :

Monsieur Hercule Birat, propriétaire à Narbonne.

Monsieur,

L'Académie des Jeux Floraux a entendu, dans sa dernière séance, le rapport qui lui a été présenté sur votre ouvrage ayant pour titre : Poésies Narbonnaises.

Après avoir écouté avec beaucoup d'intérêt l'analyse et plusieurs extraits de ces œuvres remarquables, l'Académie me charge de vous écrire pour vous exprimer à la fois ses éloges et ses remercîments.

Vous avez évoqué avec bonheur un genre qui est presque oublié de nos jours, le genre *héroï-comique.* Vous emparant des traditions et des légendes particulières au pays Narbonnais, vous avez su les reproduire dans un ouvrage plein de verve, d'invention poétique et d'originalité.

L'Académie a également remarqué avec quelle facilité ingénieuse vous utilisiez votre connaissance des littératures anciennes pour mieux dépeindre les mœurs contemporaines et les choses d'aujourd'hui.

Comme témoignage de l'estime que vos écrits nous ont inspirée, je viens vous offrir, au nom de *tous* mes collègues, un jeton d'argent de Clémence-Isaure.

Continuez vos travaux, Monsieur; ils seront toujours suivis avec intérêt et sympathie par le collége du *gai-savoir*.

Je vous prie d'agréer l'hommage empressé de ma parfaite considération.

Le secrétaire des assemblées,
ALBERT.

Toulouse, le 6 Août 1866.

Je fis le jour même de la réception de cette lettre les deux courtes épigrammes suivantes. L'idée de faire un poème didacto-satirique à ce sujet ne me vint que quelques jours après, et je mis plusieurs semaines à la réaliser.

> A poétiser je me tue;
> Mes vers sont excellents, dit-on,
> Mais je suis vieux comme Tithon.
> Adieu l'espoir de la statue,
> Je ne tiens encor qu'un jeton !

> Tout exige un commencement :
> D'un petit gland naît un gros chêne;
> Phœbé nous montre son croissant
> Quelque temps avant d'être pleine,
> Et petit poisson devient grand.
> Encor vingt ou trente ans de vie
> Consacrés à la poésie,
> Pour peu que croisse mon talent,
> Je deviendrai digne d'envie,
> Mes honneurs iront augmentant,
> Et ce menu jeton, qui fait que l'on me raille,
> Et qui n'est que d'argent encor,
> Peut fort bien devenir une belle médaille
> De grand module et toute d'or.

Ce sont là deux conditions difficilement réalisables pour un vieillard de soixante-douze ans, qui s'est déjà fait vingt épitaphes.

2 *(page 3)*. — Les *Félibres* sont les poètes de la Provence proprement dite.

3 *(page 3)*. — Il était pour moi de toute nécessité de suppri-

mer, dans le mot composé *Voie-lactée*, l'embarrassant *e* muet du premier membre, et de le considérer comme un mot simple.

4 *(page 5)*. — C'est le cas de rappeler ici que Terentius Varo, l'atacin ou le narbonnais, ajouta beaucoup, sous Tibère, à sa célébrité poétique, par sa traduction latine du poème grec d'Apollonius de Rhodes, sur le voyage des Argonautes. Il ne nous reste plus, je crois, de notre vieux concitoyen, qu'une épigramme en quatre vers contre un nommé Licinius, personnage riche et mal famé. Je l'ai paraphrasée dans les vers suivants. S'il en sait quelque chose aux Champs-Élysées, cela lui fera plaisir.

> Pouvons-nous croire encor qu'il existe des dieux !
> Et ne voyons-nous pas qu'un marbre magnifique
> Couvre de Licinus la honteuse relique ;
> Tandis que de Caton les restes glorieux
> Sont pauvrement scellés dans un tombeau de brique ;
> Que ceux de Pompéius, par le sable couverts,
> Gisent abandonnés, battus des flots amers !
> Oui, mais quand de Caton la grande âme exhalée
> Et celle de Pompée habitent dans les cieux,
> Le riche Licinus, aux Romains odieux,
> Est écrasé du poids de son lourd mausolée ;
> Amis, n'en doutons plus, il existe des dieux !

5 *(page 6)*. — Octans avec une *s* au singulier comme en latin, pour le besoin de la rime.

6 *(page 6)*. — *Argo navis, carina Argoa,* le premier navire qui ait été fait, tira son nom de son constructeur. Il fut construit dans la Thessalie, par ordre de Minerve et de Neptune, pour aller à la conquête de la toison d'or. Jason, chef de l'entreprise, était accompagné d'une cinquantaine de héros ; les fils de quelques-uns d'entr'eux s'illustrèrent plus tard au siége de Troie.

7 *(page 7)*. — Les écubiers sont deux trous circulaires percés tout à fait à l'avant du navire, par où passent au besoin les grelins et les cables.

8 *(page 7)*. — *Eureka,* mot célèbre d'Archimède, qui veut dire : je l'ai trouvé.

9 *(page 7)*.—La Table, ou plutôt la montagne de la Table célèbre au Cap de Bonne-Espérance, où le grand travail de M. de La Caille a été fait. Il l'a mise au-dessous du Grand Nuage pour faire allusion à un nuage blanc qui venait couvrir cette montagne en forme de nappe, aux approches des grands vents du sud-est.

10 *(page 7)*. — J'ai commis, pour m'amuser, une erreur volontaire en plaçant la constellation du Renard dans l'hémisphère austral.

11 *(page 7)*. — C'est du beau clocher conique de l'église Saint-Saturnin de Toulouse que je parle.

12 *(page 8)*. — L'abbé La Caille, déjà célèbre, mit quatre ans à faire, dans son frêle observatoire du Cap de Bonne-Espérance, avec des instruments beaucoup moins parfaits que ceux d'aujourd'hui et sans autre auxiliaire qu'un horloger habile, ce travail prodigieux du relèvement de plus de dix mille étoiles, qui mit le comble à sa gloire, n'augmenta pas sa fortune, mais ruina pour toujours sa santé. Je ne sais trop s'il se vantait d'être philosophe, comme l'insinue plus loin un des interlocuteurs, mais il est constant qu'il quitta la carrière ecclésiastique de très-bonne heure pour se livrer tout entier à l'astronomie, à la suite de quelques désagréments causés par la hardiesse de ses opinions en matière de théologie : « Personne plus que lui, dit un de ses biographes, « ne mérite l'éloge que Ptolémée fait d'Hipparque lorsqu'il lui « donne les noms de Philoponos et Philalètès, c'est-à-dire, « d'homme passionné pour le travail et pour la vérité. »

13 *(page 8)*. — Pour ne pas encourir, comme le singe de la fable, le reproche d'avoir pris le Pirée pour un nom d'homme, je prie le lecteur de remplacer le mot Horn par celui de Schoutn, abréviation de Schouten. Le célèbre navigateur de ce nom qui

franchit le premier le cap le plus méridional de l'Amérique, lui donna le nom de sa ville natale, Horn en Hollande, sous lequel, au reste, il était connu lui-même.

14 *(page 8)*. — Je n'ignore pas que depuis bien longtemps les Portugais, à l'exemple des Phéniciens et des Carthaginois, cherchaient, en contournant l'Afrique, à se frayer un passage aux Indes Orientales, mais Christophe Colomb fut le premier qui, dans le même but, cingla droit à l'ouest du détroit de Gibraltar. C'est dans ce sens seulement que j'ai pu dire, par manière de badinage, qu'il brisa les poteaux d'Hercule.

15 *(page 8)*. — Voir pour le géant Adamastor *os Lusiadas*, poème épique de Camoens, dont le sujet est le célèbre voyage de Vasco de Gama, autour de l'Afrique, en doublant le cap de Bonne-Espérance, appelé longtemps le cap des Tempêtes.

16 *(page 10)*. — L'habitacle d'une boussole est la caisse oblongue et carrée qui la renferme. Chaque navire a deux boussoles placées un peu en avant de la roue du gouvernail, l'une à droite, l'autre à gauche.

17 *(page 10)*. — Les poètes disent que Neptune, dont l'amour pour Andromède s'était changé en fureur, envoya une baleine pour la dévorer. Le monstre fut tué par Persée. Cette baleine n'est donc pas celle qui avala le prophète Jonas.

18 *(page 11)*. — La Grande Ourse ou Calisto, nymphe de la suite de Diane, qui fut aimée de Jupiter. Junon demanda aux dieux de la mer d'empêcher que cette constellation adultère ne jouît de l'avantage de descendre chaque jour dans les ondes pures de Téthys :

« Gurgite cæruleo septem prohibete triones,
« Sideraque in cœlum stupri mercede receptâ
« Pellite, ne puro tingatur in æquore pellex. »   (OVIDE.)

Les deux Ourses, ainsi que toutes les constellations comprises dans la calotte sphérique qui s'étend du pôle nord au cercle polaire arctique, ne se couchent jamais pour nous ; on les dit de perpétuelle apparition, mais elles sont d'occultation perpétuelle pour les peuples au-delà de l'équateur. C'est ce que reconnut fort bien Vasco de Gama, et ce qu'il indique dans son récit au roi de Mélinde de sa traversée de Lisbonne à l'embouchure du Zaïre :

> « Per esto largo mar emfin me alongo
> « Do conhecido polo de Calisto,
> « Tendo o termine ardente ja passado
> « Unde o méio do mundo he limitado.   *(Chant. 5, s. 13.)*

> . . . .
> « Vimos *as Ursas*, a pezar de Juno,
> « Banharem-se nas aguas de Neptuno.»   *(Chant. 5, s. 15.)*

19 *(page 11)*. — Cette conjecture est devenue pour moi une vérité. L'autel en question est celui de Vesta, construit par Vulcain, sur lequel les dieux de l'Olympe, en guerre avec les Titans, jurèrent une alliance indissoluble.

20 *(page 12)*. — Je me suis assuré que la Croix boréale et la Croix australe ont été toutes les deux décrites par Ptolémée.

21 *(page 13)*. — Plusieurs causes contribuèrent, dans l'antiquité, à faire diviser le ciel en différentes constellations, astérismes, configurations, etc.: 1° quelque ressemblance vague put y faire imaginer une couronne, une croix, un char, etc.; 2° on eut besoin, pour se reconnaître, de faire une division méthodique des différentes parties du ciel; 3° on voulut conserver la mémoire des personnages célèbres; 4° on crut reconnaître des influences, des propriétés, des rapports entr'elles et ceux des mortels qui naissaient à l'époque de leur lever *héliaque*.

Les premiers astronomes avaient groupé dans quinze constellations seulement les trois cent seize étoiles qui composaient leur catalogue, pour le ciel méridional. Douze autres y furent ajoutées au XVIe siècle. Elles avaient déjà été observées en partie par Améric Vespuce et par d'autres navigateurs. On y ajouta plus tard encore : la Colombe de Noé, la Croix, le Chêne de Charles II et le Solitaire. Cependant toutes ces constellations australes laissaient encore de grands vides que La Caille remplit de quatorze autres de sa création ; mais, bien éloigné de faire entrer du personnel dans une affaire de science, il voulut consacrer aux arts ces nouvelles constellations. Il proposa ses idées à l'Académie, et nous convinmes tous (c'est Lalande qui parle) qu'on ne pouvait faire un meilleur choix pour leur établissement.

22 *(page 13)*. — Bien des constellations dont je parle ont été baptisées de plusieurs noms; je m'en suis servi indifféremment pour l'agrément du poème. Le Rateau, par exemple, s'appelle aussi les Trois Rois et la Ceinture d'Orion. — Autre exemple : l'alpha du Cocher est tantôt Phaéton, tantôt Erichton et quelquefois Bellérophon.

23 *(page 13)*. — Le Bâton de saint Jacques.

24 *(page 13)*. — La Colombe de Noé.

25 *(page 14)*. — Ces deux nuages, qu'on appelle le grand et le petit nuage, *nubecula major, nubecula minor,* sont plutôt des nébuleuses que des constellations, et n'en méritent pas le nom.

Le petit nombre d'étoiles brillantes dans le segment sphérique austral; l'obligation dans laquelle fut Halley de démolir celle du Navire, pour faire son astérisme du Chêne de Charles II; la rigueur de la température, plus basse dans la zône tempérée de l'hémisphère sud que dans celle du pôle nord, et la continuité des brouillards qui assombrissent le ciel austral, justifient le passage de mon poème où je dis qu'il est terne, froid, triste, banal. Aussi, Camoens fait-il dire à Vasco de Gama, dans la strophe 14, chant 5, de *la Lusiade :*

« Vimos a parte menos rutilante
« E per falta de Estrellas menos bella
« Do polo fixo, unde inda se naô sabe
« Que outra terra comece ou mar acabe. »

26 *(page 15)*. Voir ci-dessus la note 5, qui a été placée plus haut par erreur.

27 *(page 15)*. — La *Connaissance des temps*, publiée tous les ans par le Bureau des Longitudes, et la Table des logarithmes, sont deux livres indispensables sur mer pour les navigateurs au long-cours.

28 *(page 17)*. — Le chêne de Charles II est une constellation introduite par Halley, en mémoire du chêne royal, *robur caro-linum*, dans le branchage duquel se cacha tout un jour ce roi fugitif, après avoir été défait à Worcester, et d'où il vit passer les soldats qu'on avait mis à sa poursuite. La Caille se plaignit de ce qu'Halley avait pris les plus belles étoiles de la constellation du Navire pour faire celle de son protecteur, et se crut obligé de la supprimer. Mais cet astronome, en restituant au Navire les étoiles qui lui appartenaient, pensa avec raison que, par respect pour la réputation d'Halley et pour un prince protecteur des sciences, il fallait au moins figurer le chêne sur le rocher auquel est attaché le navire (*).

29 *(page 17)*. — « Il y avait, au milieu de l'océan, dans l'hémisphère sud, à égale distance des continents d'Afrique et d'Amérique, une île volcanique, d'accès difficile, dont la stérilité avait toujours repoussé les colons, et dont la solitude était telle qu'on pouvait y détenir un prisonnier, quel qu'il fût, sans l'en-fermer dans une forteresse. Cette île est celle de Sainte-Hélène. Le climat n'en était pas réputé insalubre, et, s'il pouvait devenir dangereux, c'était pour celui à qui le vieux monde avait à peine suffi pour y déployer sa prodigieuse activité. On adopta donc Sainte-Hélène. Il fut convenu qu'on chercherait au centre de l'île, loin de la partie habitée, un lieu assez spacieux pour que Napoléon put s'y mouvoir à l'aise, s'y promener à pied et à cheval, même sans s'apercevoir qu'il était prisonnier. Jusques-là tout était renfermé dans les limites de la nécessité, mais il ne fallait y ajouter ni les gênes inutiles, ni surtout les humiliations,

(*) Les notes qui précèdent sont tirées en grande partie du *Traité d Astro-nomie* de Lalande. Les suivantes sont extraites du *Mémorial de Sainte-Hélène* ou de l'*Histoire du Consulat et de l'Empire*.

qui, pour l'illustre captif, devaient être aussi cruelles que la captivité même.

« En comparant les vallées fraîches, ombragées du nord, avec son plateau dénué de tout abri contre le soleil et le vent, il ne put s'empêcher d'apercevoir que, pour le garder plus sûrement, on l'avait placé dans une exposition à la fois déplaisante et malsaine... et il disait que, pour s'assurer de sa personne, on n'avait pas hésité à le martyriser. En effet, les facilités qu'offrait pour la surveillance ce plateau de Longwood, découvert de toutes parts, bordé vers la mer de rochers à pic, étaient pour l'habitation des incommodités insupportables. Ou il était chargé des nuages de l'Atlantique, attirés au tour du pic de Diane, ou il était labouré sans merci par le vent du Cap, à ce point que, malgré la chaude humidité du climat, l'herbe n'y poussait même pas. Un bois de gommiers, arbres chétifs et à maigre feuillage, formait le seul abri contre le soleil. Quand le soleil ne planait pas sur ce désert, une humidité désagréable pénétrait tous ses vêtements. Lorsque, au contraire, le soleil planait au-dessus, il dardait d'irrésistibles rayons, à travers les toits en toile goudronnée de Longwood. De plus, il n'y avait point d'eau, et il fallait que des domestiques chinois allassent en chercher dans les vallées situées à l'opposite, d'où elle n'arrivait ni pure ni fraîche.   (THIERS.)

« L'eau est amenée à Longwood par un conduit, et se trouve si malsaine que le sous-gouverneur, que nous avons remplacé, n'en faisait usage, pour lui et pour ses gens, qu'après l'avoir faite bouillir. Nous avons été contraints d'en faire autant nous-mêmes.

« Une partie de l'horizon présente au loin l'immense mer ; le reste n'offre plus que d'énormes rochers stériles, des abîmes profonds, des vallées déchirées et, au loin, la chaîne nuageuse et verdie du pic de Diane. »   (LAS-CAZES.)

30 *(page 18)*. — Halley, né à Londres en 1656, fut, sans contredit, le plus fameux astronome de l'Angleterre. A l'âge de vingt ans, il alla dans l'île de Sainte-Hélène pour y dresser le

catalogue des étoiles australes. Sa plus belle découverte fut le retour des comètes, qu'il reconnut et annonça le premier.

31 *(page 18)*. — Le roi-soleil, c'est-à-dire Louis XIV.

32 *(page 18)*. — L'astronome La Caille.

33 *(page 21)*. — « Non loin de Longwood, la vallée, qui va toujours en se creusant, forme un gouffre circulaire, auquel son étendue, sa profondeur et son ensemble gigantesque ont fait donner le nom de *Bowl de punch du diable*. »   (LAS-CAZES.)

34 *(page 21)*. — On sent bien que ce n'est qu'une plaisanterie.

35 *(page 21)*. — « Deux vaisseaux de guerre croisent sans cesse, l'un au vent et l'autre sous le vent. Les postes élevés de l'île leur font des signaux dès qu'ils aperçoivent un navire. Tous les vaisseaux, hors ceux de guerre anglais, sont accompagnés par un des croiseurs qui ne les quitte plus qu'il ne leur ait été permis de jeter l'ancre, ou qu'ils n'aient quitté les eaux de l'île.

« Cette île est comme un vaisseau qui tient la mer et dans lequel tout manque bientôt si la traversée se prolonge. Nous avons suffi pour affamer Sainte-Hélène, d'autant plus que les bâtiments de commerce ne peuvent désormais en approcher. On dirait que ce lieu est devenu pour eux un lieu maudit et redouté, si l'on ne savait que la croisière anglaise donne ses soins à les tenir éloignés. »   (O'MÉARA.)

36 *(page 22)*. — « Le 15 octobre 1815, à la pointe du jour, on aperçut un pic entouré de nuages; c'était le pic de Sainte-Hélène. A midi, on jeta l'ancre dans la rade de James-Town, et on aperçut une côte triste, sombre, hérissée de rochers, qui eux-mêmes étaient hérissés de canons. »   (THIERS.)

« Pour empêcher un individu de s'en aller de l'île, il suffit d'exercer la côte par terre et par mer. A onze ou douze cents toises, sur un mamelon, on a établi un camp. On vient d'en placer un autre à peu près à la même distance, dans une direction oppo-

sée, de sorte qu'au milieu de la châleur du tropique, de quelque
côté qu'on regarde, on ne voit que des camps.... nous sommes
entourés de fossés et de palissades.

« Quatre bâtiments sont arrivés aujourd'hui. Ils amenaient le
66e et le 20e, et avaient quitté l'Angleterre avec la frégate qui a
amené le nouveau gouverneur.... »   (MONTHOLON.)

37 *(page 22)*. — « L'empereur est sorti vers les deux heures.
Nous avons été en calèche près d'une heure. Il avait d'abord été
question d'aller à cheval. L'empereur en sent le besoin pour sa
santé, mais il semble y porter un dégoût extrême. Il ne saurait,
dit-il, tourner sur lui-même de la sorte; dans nos limites, il se
croit dans un manège; il en a des nausées. Nous sommes reve-
nus en passant sur le front du camp. Tous les soldats, quelles
que fussent leurs occupations, ont tout quitté et sont accourus
spontanément pour former la haie. « Quel soldat européen,
« disait l'empereur, n'est pas ému à mon approche ! »

« Les officiers du camp du 53e régiment, pour satisfaire au
désir exprimé par Napoléon de se procurer du meilleur vin, se
proposaient de lui en envoyer une caisse. Sir Hudson, l'ayant
su, défendit cet envoi, en disant que Bonaparte devait se con-
tenter du vin qu'on lui offrait ou s'en abstenir.. Il nous taxe ridi-
culement à une bouteille par tête, l'empereur compris. La viande
les légumes, le vin envoyés à Longwood y arrivent gâtés. Les ali-
ments et le vin sont apportés tous les jours en plein soleil. L'eau
devient de plus en plus rare. Celle qui sort des canaux est verte
et bourbeuse et a une odeur de corruption...... Lorsqu'il était
sous-lieutenant d'artillerie, disait l'empereur, sa table et son vin
valaient infiniment mieux...... L'empereur a souri douloureuse-
ment, lorsqu'en me demandant pourquoi j'étais allé dîner au
camp, je lui répondis : « C'est parce qu'il n'y avait rien à man-
« ger à Longwood. »   (LAS CAZES.)

38 *(page 23)*. — Napoléon prenait de temps en temps quelques gouttes d'eau fraîche qu'il avait trouvée au pied du pic de
Diane, dans l'exposition où il aurait voulu que sa demeure fut

placée, et il en ressentait un peu de bien. « Je désire être en-
« terré, etc..... ou, enfin, si ma captivité doit durer pour mon
« cadavre, au pied de la fontaine à laquelle j'ai dû quelque sou-
« lagement. »

39 *(page 23)*. — Les points saillants de l'île étaient surmontés
de télégraphes, etc.... Une vigie, placée sur le pic de Diane,
d'où la vue s'étendait à douze lieues en mer, devait signaler à
James-Town l'approche de tout bâtiment, dès qu'il serait aperçu,
et un brick de guerre devait sortir pour escorter le bâtiment
signalé et le conduire au port.

40 *(page 24)*. — « L'amiral Cokburn n'avait rien négligé pour
hâter les travaux de la nouvelle résidence. Il y avait employé les
ouvriers de la ville et de la flotte, et, avec du bois, de *toiles
goudronnées*, des matériaux de toute sorte, il était parvenu à
construire un vaste rez-de-chaussée où Napoléon pouvait se loger
avec ses compagnons d'exil. L'amiral le conduisit dans les appar-
tements qui lui étaient destinés. Ils étaient d'une construction fort
légère, recouverts en toile goudronnée et meublés très-modeste-
ment.

« La porte qui ouvrait sur la salle du bain était masquée par
un mauvais paravent, à la suite duquel était un mauvais sopha,
recouvert de calicot. Il passait les extrémités inférieures dans un
sac de flanelle et tâchait de se mettre ainsi à l'abri des mousti-
ques et de l'humidité.

« Tenez, me dit-il un jour, en m'amenant près d'une fenêtre,
j'ai fait remplacer les rideaux par une paire de draps. Ces rideaux
étaient si sales que je ne pouvais plus les toucher. »

(O' MEARA.)

41 *(page 24)*. — Napoléon partit de l'île d'Aix pour l'Angleterre à bord du *Bellérophon*, mais il fut transbordé, plus tard,
sur le *Northumberland*, et c'est sur ce vaisseau qu'il fit la traversée de Sainte-Hélène.

42 *(page 24)*. — « L'amiral Malcolm ayant recueilli dans la

conversation de l'un de nous que nous étions sans ombrage, et
que nous nous occupions de procurer à l'empereur une tente où
il put passer quelques instants, il arriva qu'à quelques jours de
là, l'empereur put déjeûner sous une tente spacieuse, soudaine-
ment élevée par les matelots et avec les voiles de la frégate.
C'était une galanterie européenne à laquelle nous n'étions plus
faits; nous avons dû y être sensibles.

« En rentrant, l'empereur a demandé son déjeûner sous la
tente, en dépit de l'ouragan. L'eau ne perçait pas, mais les
raffales de pluie et de vent tourbillonnaient autour de nous et se
précipitaient au loin vers le fond de la vallée. Sur les quatre
heures, j'ai été le joindre dans la salle du billard. Le temps était
toujours aussi affreux; il ne lui avait pas permis de mettre le pied
dehors, et pourtant il s'était vu chasser de la chambre et du salon
par la fumée. »   (LAS CAZES.)

43 *(page 24).* — « .... puis, au moment où le soleil tropical
brûlait son front, il se réfugiait sous la tente de Sir Malcolm,
mais, sous cette ombre sans charme : « Un chêne ! un chêne ! »
s'écriait-il, et il demandait avec passion qu'on lui rendit le
feuillage de ce bel arbre de France.

« Certains juges ont blâmé Napoléon de sentir ces souffrances morales ou de laisser voir qu'il les sentait. Il est aisé de
parler des maux d'autrui et d'enseigner comment il faudrait les
supporter. Pour moi, que les souffrances d'autrui affectent pro-
fondément, je ne saurais guère blâmer ceux qui souffrent, et je
n'ai pas le courage de chercher si tel jour, à telle heure, de
nobles victimes, torturées par la douleur, ont manqué de l'attitude
impassible qu'on désirerait leur imposer...... Le corps humain
n'est pas bon à voir dans les convulsions de la douleur physique;
l'âme humaine n'est pas meilleure à voir dans certains moments
de la douleur morale, et il faut jeter sur elle le voile d'une com-
misération respectueuse. »   (THIERS.)

« Une mélancolie secrète qui se déguise à tous les yeux, peut-
être aux siens propres, un mal concentré commence à le saisir.

Il restreint chaque jour le cercle déjà si resserré de ses mouve-
ments et de ses distractions.

« L'empereur nous surpasse tous par l'égalité de son caractère
et la sérénité de son humeur.... L'empereur a promené dans le
jardin, et y a travaillé avec gaîté. Il a voulu y déjeûner sous
quelques arbres qu'on avait entrelacés pour lui procurer un peu
d'ombrage.... Dans notre promenade, il est descendu cinq ou six
fois pour regarder, à l'aide d'une lunette, des vaisseaux qui
étaient en vue. »   (LAS CAZES.)

44 *(page 25)*. — « Napoléon s'était accoutumé, non pas à la
médecine anglaise, mais an caractère du docteur O'Méara, qui
lui procurait des nouvelles et lui donnait un résumé exact des
journaux anglais, ce qui l'intéressait vivement, car la dernière
lueur d'espérance restée dans son âme reposait sur un change-
ment de cabinet en Angleterre. Sir Hudson ayant découvert que
le docteur était le nouvelliste de Longwood, avait exigé qu'il lui
fît connaître ses entretiens avec Napoléon. Le docteur O'Méara
s'y était refusé, disant qu'en bon et loyal anglais, il ferait connaître ce qui aurait trait à un projet d'évasion, mais qu'il avait ses
devoirs de médecin, et que, comme tel, il ne trahirait pas son
malade en rapportant les détails qu'il avait dus à sa confiance.
Ce débat fut assez long et mêlé de plusieurs incidents. Le docteur O'Méara fut tour à tour enlevé, rendu, enlevé de nouveau à
l'Empereur, et enfin embarqué avec les formes les plus brutales.»
                                               (THIERS.)

45 *(page 25)*. — « Napoléon avait apporté en cachette trois
cent cinquante mille francs, et ses compagnons d'exil en avaient
à peu près deux cent mille. Il appelait cela sa *réserve*, sur laquelle il prenait de temps en temps, soit de quoi faire une aumô-
ne, soit de quoi payer un service, ne voulant ni toucher à cette
somme, ni fournir une preuve matérielle du dépôt existant chez
M. Laffite. Il fallut bientôt qu'il eût recours à son argenterie. »
                                               (THIERS.)

46 *(page 26)*.—Deux ou trois passages comme celui-ci m'ont

fait supposer que ce fort esprit était devenu un peu superstitieux, à la suite de ses malheurs.

« Les domestiques ayant rapporté qu'ils avaient observé une comète vers l'Orient : « Une comète ! s'écrie l'empereur avec émotion, ce fut le signe précurseur de la mort de César... Vous « avez vu, docteur ? — Non, sire, rien. — La comète, on l'a « vue ! — On s'est mépris. — Peine perdue ; je suis à bout, tout « me l'annonce. Vous seul vous obstinez à me le cacher. Mais « j'ai tort, vous m'êtes attaché ; vous voulez me cacher l'horreur « de l'agonie. Je vous sais gré de l'intention. » (ANTOMARCHI.)

47 *(page 26)*. — « .... Aussi, quand je ne serai plus, je demeurerai encore pour le peuple l'étoile polaire de ses droits ; mon nom sera le cri de guerre de ses efforts, la devise de ses espérances..... Et ce qu'il y avait de pire dans ma situation, c'est que je voyais clairement arriver l'heure décisive ; l'étoile pâlissait ; je sentais les rênes m'échapper. »   (NAPOLÉON.)

« Le gouverneur se plaint fréquemment que nous traitions notre général d'empereur, et que nous continuions à le regarder comme souverain : « M. le gouverneur, vous parlez de souve- raineté ; c'est, de notre part, bien plus encore, c'est du culte ! L'empereur, à nos yeux et dans nos sentiments, n'est plus de cette terre. Nous le voyons dans les nuées, dans le firmament, et, quand vous nous laissez des choix en opposition avec lui, c'est le choix des martyrs auxquels on dirait : « Renoncez à « votre culte ou mourez ! »

« Au retour de l'île d'Elbe, Mme de Staël écrivit à l'empereur, lui exprimant, à sa manière, l'enthousiasme que venait de lui inspirer ce merveilleux évènement : « qu'elle était vaincue ; que « ce dernier acte n'était pas d'un homme ; qu'elle plaçait, dès « cet instant, son auteur dans le ciel. »   (LAS CAZES.)

48 *(page 26)*. — Les applaudissements de ce parterre de rois dûrent être assourdissants et faire trembler la salle, car ils s'adressaient tout à la fois à un grand empereur, à un grand poète et à un grand tragédien.

49 *(page 27)*. — Halte-là ! Rigel est une étoile de première grandeur, et ne se trouve en si humble compagnie que pour le besoin de la rime.

50 *(page 28)*.

> Ainsi que Murat son beau-frère,
> L'Achille français à cheval,
> Breveté roi de général,
> Véritable foudre de guerre.

« Je l'eusse amené à Waterloo, mais j'aurais été impuissant à l'y maintenir, et pourtant il nous eût valu peut-être la victoire; car, que fallait-il dans certains moments de la journée? enfoncer trois ou quatre carrés anglais. Or, Murat était admirable pour une telle besogne; il était précisément l'homme de la chose. Jamais, à la tête d'une cavalerie, on ne vit quelqu'un de plus déterminé, de plus brave, de plus brillant. » (NAPOLÉON.)

50 (*) *(page 29)*. — Arcturus, Bootès, etc. Ce bouvier était Icare, auquel Bacchus apprit l'art de faire du vin. Il fut lapidé par des bergers ivres. D'autres disent que le bouvier est Arcas, fils de Jupiter, qui enseigna aux hommes la manière de faire du pain.

51 *(page 29)*. — Ou plutôt en belles perles. Ce qu'il y a de certain, c'est que la plus belle étoile de cette constellation s'appelle la Perle.

> « *Bacchus amat flores, Baccho placuisse coronam,*
> « *Ex Ariadnæ sidere nosse potes.* »

Cette couronne serait donc une couronne de fleurs, d'après Ovide.

52 *(page 29)*. — Il y a, dans cette constellation, une étoile de première grandeur, la plus belle de toutes, appelée Sirius.

53 *(page 29)*. — Ptolémée Soter, étant prêt à partir pour l'Asie-Mineure, Bérénice, sa femme et sa sœur, fit vœu de con-

(*) Ce numéro a été répété par inadvertance.

sacrer à Vénus ses cheveux, qui étaient d'une beauté singulière, si son époux revenait triomphant. Ces cheveux furent suspendus dans un temple. Ils disparurent dans la suite, ce qui donna lieu à Conon, le mathématicien, d'en faire une constellation.

54 *(page 29)*. — On sait qu'Orion voulut attenter à l'honneur de Diane, que le malheureux Actéon ne fit que surprendre au bain, par hasard.

55 *(page 30)*. — Les Dioscures sont les deux gémeaux Castor et Pollux, fils de Jupiter et de Léda.

56 *(page 30)*. — La coque du second œuf pondu par Léda contenait Hélène et Clytemnestre.

57 *(page 30)*. — Je me suis convaincu, par un passage de Lucain, que ce centaure est le centaure Chiron.

58 *(page 35)*. — Ulug-Beg était petit-fils de Tamerlan. Il ne se bornait pas à encourager l'astronomie, mais il faisait lui-même des observations à Samarkande, sa capitale.

59 *(p. 35)*. — Allusion aux deux fameux vers de T. Corneille :

> « Quoiqu'en dise Aristote et sa docte cabale,
> « Le Tabac est divin ; il n'est rien qui l'égale. »

60 *(page 36)*. — « *Nolite ignorare astronomiam sapientissimum quiddam esse.* »   (PLATON, liv. 35).

61 *(page 36)*. — Pythagore ne voulait point de disciple qui n'eût étudié les mathématiques. On lisait sur sa porte : « *oudeis ageometritos eisito.* »

62 *(page 38)*. — On comprend bien que ce passage n'est pas exact. Ces trois triangles sont tous scalènes ; mais le triangle austral a, sur nos sphères de cabinet, ses trois côtés presque égaux et des deux triangles qui scintillent dans l'hémisphère boréal, il en est un sensiblement isocèle.

63 *(page 38)*. — Jules Schiller, astronome allemand, donna en 1667, sous le nom de *cælum stellatum christianum*, un catalogue d'étoiles, accompagné de figures. Il entreprit de substituer aux noms anciens et profanes des noms tirés de l'histoire sainte ; mais personne n'en fait usage.

64 *(page 38)*. — La Harpe de Georges.

65 *(page 42)*. — Ceci pourrait fort bien n'être pas exact. Ce qui me le fait craindre, c'est que le divin coursier joint à son épithète de *equus ales, equus gorgonius, fontis musarum inventor, etc.*, celle de *sagmarius* ou d'*ephippiatus caballus*, parce qu'anciennement on le peignait avec une selle.

66 *(page 42)*. — Il y a, dans la constellation d'Andromède, et non pas de Cassiopée, une étoile remarquable qu'on appelle *umbilicus Andromedes*. L'idée que quelque astronome de l'antiquité pouvait fort bien s'être permis d'enchâsser une étoile dans cette partie du corps d'une des divinités féminines, figurées sur la sphère céleste, ne m'avait pas trompé. Ces païens étaient capables de tout !

67 *(page 43)*. — Un astronome allemand, Bayer, imagina de désigner les étoiles de chaque constellation d'après l'ordre de leur éclat, en se servant d'abord des lettres de l'alphabet grec, puis de celles de l'alphabet latin, et enfin de chiffres.

Deux notes non signalées :

Page 23, ligne 21.

Les Anglais, si mon poème est lu un jour par quelques-uns d'entr'eux, vont me trouver bien méprisant envers Charles II ainsi qu'envers lord Bathurst et sir Hudson Lowe. Mon excuse est dans la barbarie du traitement infligé au glorieux captif de Sainte-Hélène ; qu'ils me pardonnent ces petites représailles.

Page 33, ligne 32.

« De tout ce que lui avait dit le docteur Antomarchi, une seule chose avait produit quelque impression sur son esprit, c'est que l'exercice lui était indispensable, et que c'était l'unique moyen de guérison. Antomarchi lui dit alors que le cheval était un bon exercice, mais qu'il y en avait d'autres, et que bêcher la terre serait tout aussi sain. Ce fut pour Napoléon un trait de lumière : sur-le-champ, il résolut de se livrer à ce nouvel exercice, et obligea la colonie entière à s'y livrer avec lui. Il prit alors le costume de planteur. Un bâton à la main, il dirigeait les travaux en véritable officier du génie. Son premier ouvrage consista dans un épaulement en terre gazonnée qu'il opposa au vent de sud-est. Puis, il transplanta des arbres, des citronniers et notamment un *chêne*, arbre si désiré de lui, et qui seul a survécu de ce jardin cultivé par ses glorieuses mains. L'eau manquait; il en fit venir d'un réservoir que sir Hudson avait ordonné de construire au pied du pic de Diane. Cette eau, adroitement dirigée dans le jardin, le couvrit bientôt de verdure, car, dans tous ces climats dévorants, si l'eau se joint au soleil, la végétation pousse à vue d'œil. Napoléon eut, en peu de temps, des légumes, et il prit plaisir à les faire servir à sa table. »   (THIERS.)

Hélas ! l'espoir du rétablissement complet de la santé de l'empereur devait être trompé. On sait qu'il mourut, après une longue agonie, le 5 mai 1821, au coucher du soleil, juste au moment où le canon du port donnait le signal de la *retraite*. Sa fin ne fut précédée ni suivie d'aucun des prodiges observés, dit-on, à la mort de César, mais il est constant que la veille un ouragan épouvantable se déchaîna sur Sainte-Hélène. « Le temps était affreux; la pluie tombait sans interruption et le vent menaçait de tout détruire. Le saule sous lequel Napoléon prenait habituellement le frais avait cédé. Nos plantations étaient déracinées, éparses. Un seul arbre à gomme résistait encore, lorsqu'un tourbillon le saisit, l'enlève et le couche dans la boue. Rien de ce qu'aimait l'empereur ne devait lui survivre. »   (LAS CAZES.)

✳

Mon vœu de voir former, dans le ciel austral, aux dépens du *Toucan*, de l'*Oiseau sans pieds* ou de l'*Indien*, par exemple, une constellation sous le nom des *Exilés de Sainte-Hélène*, ne se réalisera sûrement pas. J'ai trop peu d'autorité pour la faire agréer par la gent astronomique. Celle-ci lui fût-elle favorable en France, en Danemark et en Italie, les savants uranographes d'Espagne, d'Angleterre et surtout de Prusse y feraient opposition, et pourtant les Anglais ont mis au ciel le *Cœur* et le *Chêne de Charles II*, la *Harpe de George*, et les Prussiens nous y font voir l'*Etoile de Brandebourg* et les *Honneurs de Frédéric*. Les *Honneurs de Napoléon et de ses compagnons d'exil* figureraient fort bien au pôle antarctique, comme pendant de ceux de Frédéric au pôle arctique ; mais ils rappelleraient le souvenir d'Iéna et de tant d'autres journées glorieuses qui mirent la monarchie prussienne à deux doigts de sa perte. Aussi, ce ne seront ni M. de Bismark et son roi Guillaume Ier, ni les membres du cabinet anglais, qui favoriseront un pareil hommage rendu à la grandeur et aux infortunes du fondateur de la dynastie Napoléonienne.

LA

PROMENADE NOUVELLE.

D'après les plans de Monsieur Bar,
Qui, pour ce, mérite une aubade,
De l'ancien glacis du rempart
On a fait une promenade
Qui coûtera plus d'un dollar.
Tout l'argent de la tirelire....
Municipale, veux-je dire,
Y passera, n'allez pas rire !
Elle nous donne des soucis
La promenade du glacis,
Et plus d'un qui l'a conseillée
En a la tête travaillée.
Cent mille francs, songez-y bien,
Et cinq mille pour l'entretien,
Vu les dépenses déjà faites,
Nous les paîrons, fous que vous êtes !
Tout cela sera-ce pour rien ?
Non, vous aurez quelques noisettes.

Il faut faire à chacun sa part ;

Mettons l'architecte à l'écart.
On a voulu, coûte que coûte,
Un beau parc sur la grande route,
De la gare au pont de l'Écoute ;
Il vous l'a tracé Monsieur Bar.
On n'est pas plus opiniâtre ;
Le brave homme s'y fait à quatre :
On le voit, par un grand soleil,
Avec un zèle sans pareil,
Et sans souci que l'on en glose,
Désaltérer des lauriers-rose ;
Aussi quelle métamorphose !
Ou bien, par d'habiles détours,
La bêche en mains, guider le cours
De l'eau sale et couleur de brique
Qu'éjacule, comme un clysoir,
Dans l'un et l'autre réservoir,
La vieille machine hydraulique,
Dont le conduit parabolique
Traverse le bas du rempart.
Mais que peuvent les soins et l'art,
Quand d'un ciel d'airain l'inclémence
Depuis dix mois ne nous dispense
Qu'un grand vent qui dessèche tout !
En mai l'on se croit au mois d'août.
S'il tombe une goutte de pluie,
Le *Cers* (*) d'un coup d'aîle l'essuie.
Arbrisseaux, que pour vous je crains !
Mais des cèdres je désespère ;
Les malheureux ont trop à faire
Pour cacher jamais dans les cieux
Un front superbe, audacieux.

(*) Vent de nord-ouest, appelé jadis *Circius.*

Mais je plains autant la torture
Des élégants en souliers fins.
De nos dames les brodequins
Sont sujets à plus d'une injure.
Ce n'est pas un tendre gazon,
Ce n'est pas non plus la pelouse
Du *Grand-Rond,* l'orgueil de Toulouse,
Qu'elles foulent d'un pied mignon ;
Des cailloux la cruelle atteinte
Leur arrache plus d'une plainte.

Suivez mon conseil ; il est bon :
Gardez-vous de toute parure ;
Dépouillez le *cazavec* noir,
Relevez votre chevelure,
Beautés, qui venez sur le soir
Prendre l'air à l'heure permise,
Après un *pater* à l'église,
Drappez-vous d'une cape grise,
D'un burnous couleur de gravier,
Prenez chacune un cavalier
Ayant en poche une vergette
Pour épousseter la voilette,
Vous brosser de la tête aux pieds
Et vous aider à la descente
D'un escalier à rude pente,
Dont trop étroits sont les degrés.
Faute d'un galant plus propice,
Je suis tout à votre service.
Venez à moi, quoique un peu mûr,
J'ai le pas encore assez sûr,
Et je connais un camarade,
Parfumé de fine pommade,
A soixante ans encor coquet,

Teignant sa barbe et son toupet,
Et du pavillon de l'oreille
Soigneux d'épiler le duvet,
Qui ferait une offre pareille.
Pour peu que le temps soit au beau,
Je suis toujours dans quelque allée,
Mal abrité par la feuillée,
A voir voleter quelque oiseau
Qui de son aîle rase l'eau,
Ou bien à mesurer du pouce
De quelque saule en pleurs la pousse.
Dans la terre glaise planté,
Je comprends qu'il soit attristé;
Quand finira la lune rousse !
Je ferais des jaloux, ma foi,
Mais vous ne voudrez pas de moi.
Accepter le bras d'un poète,
Ailleurs pourtant est une fête.
Oh ! faites-moi cette faveur,
Je la tiendrais à grand·honneur;
Elle serait l'avant-coureuse
De quelque autre bien plus flatteuse.
Peut-être, un jour, que sur un banc,
Les yeux fermés, et comme un homme
Que vient surprendre un léger somme,
Une de vous, sortant du rang
De ses compagnes plus timides,
Viendrait sur mes lèvres arides
Déposer un chaste baiser,
Que se serait vu refuser
Son amoureux avant la noce.
C'est un honneur qu'à maître Alain,
Surpris dormant dans un jardin,
Fit la douce *Marghret* d'Écosse,

Bien que l'épouse du dauphin (*),
Si la chronique n'est pas fausse.
Ce fut sous un myrte fleuri
Que des muses ce favori
Reçut le gracieux hommage,
Non sous un noisetier sauvage,
Sous un laurier morne et chétif,
Ni sous un cyprès maladif,
D'un vieux balai fidèle image.
Peu riant est ce paysage;
Les bocages de Trianon,
De Rambouillet ou de Meudon
Encadreraient bien mieux la scène;
Mais, c'est égal, de mon aubaine
On me verrait tout aussi vain,
Aussi ravi que maître Alain
Quand, de sa lèvre de carmin,
L'intéressante Marguerite,
Qui périt, hélas! dans sa fleur,
N'ayant connu que le malheur,
Baisa le poète émérite.
Immortel baiser! car, sans lui,
Qui la connaîtrait aujourd'hui?
Était-il beau le personnage?
Affreux de corps et de visage.
Allons, n'est-ce pas bien tentant?
Un baiser rapporter autant!
Oui, Mesdames, et mes louanges
Vont vous élever jusqu'aux anges;
Mais celle qui commencera
Une prime en beaux vers aura;
Eût-elle l'âge de Sarah,

(*) Plus tard Louis XI.

Voyez-vous, je la rends célèbre
De la Garonne jusqu'à l'Èbre !
Mais d'où naît mon égarement ?
Suis-je bien moi dans ce moment ?
En rapportant ce trait d'histoire,
Ai-je donc perdu la mémoire
De mon grand âge ? ai-je la gloire
Du vrai poète Alain Chartier ?
Et puis-je bien, fol à lier !
Aspirer à telle caresse
D'une reine.... ou d'une mairesse ?
« O souvenirs cruels et doux,
« Laissez-moi, que me voulez-vous ! » (*)
Vous affligez trop ma vieillesse.

Encore un tour au boulingrin,
Un peu plus sec que n'est ma main,
De mes pleurs furtifs toute humide ;
Mais détournons notre regard
De la cunette du rempart.
Le sol est blanchâtre ou livide.
Que d'éboulements ! quels fouillis
Et quels amas d'affreux débris
De platras, de tessons, de briques,
Anses, goulots d'urnes antiques !
On ne marche que sur des os
D'êtres humains ou d'animaux.
Si c'étaient là les *esquilies* (**)
De nos grands-pères les Romains,
Alors je les trouve embellies.
Des réservoirs et des bassins
En vain répare-t-on les pertes.

(*) Florian.
(**) Un des cimetières de l'ancienne Rome.

Dans l'enfer affreux des païens,
Que garde, trois gueules ouvertes,
Cerbère, plus fort qu'un taureau,
Des danaïdes le tonneau,
Sans cesse additionné d'eau,
« *Fundo pereuntis imo,* » (*)
N'est pas plus poreux, oh non, certes !
De la poussière des chemins
Plantes et fleurs toujours couvertes
Meurent ou languissent inertes ;
C'est l'aridité du désert.
Je ne sais qu'un moyen pour voir un peu de vert.
Quel est-il ?... Des lunettes vertes.

En hiver beaucoup trop venteuse ;
En été beaucoup trop poudreuse ;
Mais ayant cependant du bon
(Bien qu'on la trouve trop coûteuse)
Par son bel et vaste horizon,
Savez-vous comment je l'appelle
Notre promenade nouvelle ?
Et vous direz que j'ai raison :
La promenade mi-saison.

(*) Horace.

ÉPIGRAMMES

LAMENTATIONS, PALINODIES, IMPRÉCATIONS, VANTERIES,

ÉPITAPHES, MÉCHANCETÉS.

Certain jour, le long du rempart,
Birat rencontre, sur le tard,
Dans la robe de son grand-père,
Un sien voisin, célibataire,
Qui tenait fort à ses écus,
Étant de ces gens convaincus
Que ce qui fonde une fortune
La conserve, grande ou commune.
Sur-le-champ, avec la châleur
Qu'il met à tout ce qu'il débite,
Notre facétieux auteur
A son condisciple récite
Son *Chant communiste,* morceau
Plein de sel, d'entrain, tout nouveau,
Et qui d'un partage arbitraire
Fait toucher du doigt la chimère.
Le richard approuve, applaudit,
Et s'étonne de tant d'esprit.
Parbleu! c'était un *homme d'ordre,*

Qui fut tout joyeux de voir mordre
Ceux qui l'avaient cent fois mordu
Et qu'il voyait, tout éperdu,
Prêts à se jeter sur sa caisse,
Sans croire à sa fausse détresse;
Socialistes, d'après lui,
Ne flairant que le bien d'autrui.
Exalté jusqu'à l'embrassade,
Il dit à son vieux camarade :
« Niveler la société,
« Quelle abominable utopie !
« Pour sauver la propriété
« Des mains de cette secte impie,
« Ton *chant* vaut bien mieux qu'un *traité*.
« L'esprit de Dieu te l'a dicté !
« Tu vas à l'immortalité....
« Je t'en demande une copie. »
Il s'esquive, ayant dit cela,
Et le poète est planté là.
— Sainte Vierge ! un homme si riche !
Que ne l'achetait-il, le chiche !
— Lui l'acheter ! y pensez-vous !
L'opuscule eût coûté dix sous.

~~~~~~~~

Mon livre a des longueurs... Vraiment !
Voyez la belle découverte !
C'est bien aussi mon sentiment ;
Mais le style en est chaud, alerte,
Et mon trait n'a rien de blessant ;
Je me détourne en le lançant ;
La gaîté partout y circule.
Est-il commun ce style-là ?
Si j'ai fait plus d'un opuscule,

Qu'on pourrait, en le réduisant,
Rendre plus vif, plus amusant,
Ai-je mérité la férule?
Cessez donc de crier holà !
De son épître à Messala
Peut-on complimenter Tibulle?
Le concis La Rochefoucauld
N'a-t-il bien dit que ce qu'il faut?
De ses quatre ou cinq cents pensées,
Avec tant d'art si condensées,
Voyez-vous, je pense, à part moi,
Que plus d'une fait double emploi.
Mais je laisse parler mon livre :
« Lecteurs, il faut du savoir-vivre ;
« J'abhorre la contention;
« Et si, dans votre opinion,
« Je suis trop large de carrure,
« De mes vers ne lisez que peu,
« Et jetez tout le reste au feu ;
« Me voilà devenu brochure. » (*)

~~~~~~~~

La gloire de faire un bon livre
Dans un pays lettré fait vivre ;
On la paie ici, pauvre auteur !
De sa bourse et de son honneur.

~~~~~~~~

Sous un nom emprunté, même en cachette, oui-dà !
Apprenant qu'on me vilipende,
Vous avez acheté mon *olla-podrida*, (**)

(*) Imitation de Martial.

(**) Mot espagnol qui veut dire pot-pourri.

Mon livre est-il de contrebande ?
Avez-vous peur qu'on ne vous pende ?
Vous êtes par trop pudibonds ,
O Narbonnais de toute robe !
A vos outrages je réponds :
Ma muse est chaste et je suis probe. (*)

Vous qui, de bon matin , pour donner vos étrennes,
De bonbons et joujoux avez les poches pleines ,
De vos dettes d'honneur ne vous souvient-il plus ?
Quelques-uns d'entre vous sont de bons humanistes ;
Plus d'un licencié figure sur mes listes ;
Vous comprendrez donc bien cet aphorisme en *us* :
« *Nemo liberalis nisi liberatus.* »

1er janvier 1862.

Ah ! vous m'avez trompé , marauds ! j'en ai dans l'âme.
Voici , pour me venger , une bonne épigramme :
Dans ce vieux bourg pourri , que l'orateur Crassus
Peupla de vagabonds issus de Romulus,
Que de crasseux , ô ciel ! et qui sont des Crésus.

Vous vous targuez , Messieurs , d'une illustre origine ;
Mais vous en avez deux , si je ne l'imagine :
Vous avez pour aïeux encor les Visigoths (**),
Qui firent souche ici d'ignorants et de sots.
Dans votre vieille ville , immonde et mal bâtie,
Le voyageur se sent au cœur de la Gothie.
Cessez , mes bons amis , d'imiter ce mulet

(*) Imitation de Martial.

(**) Les Visigoths ont dominé trois cents ans environ dans le Languedoc,
qui s'est appelé la Gothie et la Septimanie.

Qui, tout bouffi d'avoir une jument pour mère,
Avait l'air d'ignorer,... mais je suis débonnaire,
Et, sans trop l'aiguiser, je vous lâche le trait.

~~~~~~~~

Maudit soit le rimeur et sa caustique veine !
Quoi ! sans exception, grognant son insuccès,
Il fait des Visigoths de tous les Narbonnais.
Je veux le semoncer au point qu'il s'en souvienne ;
Car moi j'ai pris son livre, et vous Bernard aussi.
Comme il nous traite ! Bon, justement le voici.
Birat, même motif tous les deux nous amène ;
Le mot de Visigoths nous pèse sur le cœur.
— Vous l'avez pris pour vous, mes amis, quelle erreur !
Moi, vous injurier, vous causer de la peine !
Ah ! ce n'est pas à vous que s'adresse ma haine,
A vous surtout, Lignon, mon grand consolateur !
Tous mes vrais souscripteurs sont de race romaine ;
Je les tiens pour instruits, pleins de goût et loyaux ;
Mais ceux qui m'ont trompé !... jusqu'à perte d'haleine,
Je le dirai bien haut, sur les monts, dans la plaine ;
J'en ferai confidents fontaines et ruisseaux,
Roseaux et tamaris, grenouilles et crapauds ;
Je l'apprendrai par cœur aux sonores échos
Du bastion Vauban, de celui de la Reine,
Aux sifflets de la gare, aux essaims de moineaux
Qui de nos vieilles tours habitent les créneaux,
Même aux grillons des prés, mais surtout aux platanes
Du jardin communal, sont des sots, sont des ânes,
Des lâdres, des jaloux.... enfin des Visigoths.

~~~~~~~~

Ingrat et sot pays, où triomphent les buses,
Où, loin de les choyer, on insulte les muses,

Où tout livre fait peur, fait bailler ou dormir,
Va, tes torts envers moi n'admettent point d'excuses !
Pour te tympaniser jusqu'au dernier soupir,
A moi chaudrons, battoirs, sifflets et cornemuses !
Car « je t'ai trop aimé pour ne te point haïr. » (*)

~~~~~~

Que me fallait-il donc pour obtenir la vogue
Et briller à mon tour ?... Être un archéologue.
De mon petit renom, dans le monde érudit,
La ville eût fait les frais ; j'aurais eu le profit.

~~~~~~

A chanter mon pays vivement engagé,
Je m'en donnai si fort que j'en eus mal de gorge.
J'aurais eu grand besoin d'un peu de sucre d'orge,
Il ne m'en revint pas même un bien-obligé.
Artisan fatigué, j'abandonne la forge ;
Embrasse-moi, ma muse, et reçois ton congé.

~~~~~~

Un trait de sentiment vaut mieux que cent bons mots.
— Qui le dit ? — Lamartine. — Où donc ? — A tout propos.
De ses imitateurs il consacre la gloire ;
Moi, je fus enjoué.... périsse ma mémoire !

~~~~~~

Fuyez comme un écueil le genre satirique ;
Soyez sentimental, vaporeux ou mystique !
J'ai fait tout le contraire, et j'ai manqué le but,
Soulevé la cabale et risqué mon salut.

~~~~~~

(*) Racine.

Couplets chantés sur l'air de : *Le cor retentit dans nos bois.*

Près du ravin que Carvalho (*)
Traita d'outrageuse manière,
Dans six pieds de gravier et d'eau, (**)
Mon corps redeviendra poussière.
Quand les brouillards du vent marin
Flotteront sur nos marécages,
Je viendrai, d'un pas incertain, ⎱ *bis.*
Errer sur leurs fangeux rivages. ⎰

Aussi léger qu'une vapeur,
De mon ombre mélancolique
Les grenouilles n'ayant pas peur
Poursuivront leur rauque cantique;
Mais dès qu'au savonneux lavoir (***)
Claquera le battoir sonore,
Au fond de mon sombre manoir ⎱ *bis.*
Je fuirai la naissante aurore. ⎰

Dans une comédie en *trente* actes divers,
Suivant le mot de La Fontaine,
De ses concitoyens, tour à tour mis en scène,
Sans s'épargner lui-même, il railla les travers.
Avec peu de profit, mais non sans quelque gloire,
De sa ville natale il raconta l'histoire;
Il chanta sa splendeur, hélas ! et ses revers,

(*) Ingénieur du chemin de fer du Midi qui donna le coup de pied du Juif à notre Cité, de tout temps si hospitalière aux Israélites.

(**) Notre vieux cimetière est submergé six mois de l'année.

(***) Le lavoir dit de Saint-Paul, très-voisin du cimetière.

Dont depuis deux mille ans conserve la mémoire
Tout ce que d'érudits renferme l'univers.
    Puisse Dieu de son purgatoïre
Oter autant de jours qu'il a fait de beaux vers !

〰〰〰〰〰

Qu'il soit en pierre ou brique, en marbre blanc ou noir ;
Qu'il soit beau, qu'il soit laid, mes amis, peu m'importe ;
Que je franchisse ou non l'inexorable porte
De mon froid monument, pour marcher ou m'asseoir ;
Voici ce que je veux à mon dernier asile :
(On me le refusa, quand j'habitais la ville,
Avec peu de justice et par mauvais vouloir) :
Pas de danger ici, tout est morne et tranquille ;
On n'est porté qu'à bras à ce commun dortoir.
Puisque aucune charrette ici ne se fait voir,
Notre grand podestat me sera plus facile...
J'implore pour ma tombe, amis, un beau trottoir.

〰〰〰〰〰

(*) O mes amis ! quand je mourrai,
     Plantez un *olivier* sauvage
     Sur la tombe où je dormirai :
     Aussi *léger* est son ombrage
     Que celui du saule *éploré,*
     Ce dont je me suis assuré
     Par un minutieux pesage ;
     Tout aussi *pâle* est son feuillage.
     Fécondez–le par le greffage,
     Et ses rameaux d'heureux présage,
     Longtemps le symbole et le gage
     De la paix parmi les humains,

(*) Cette épitaphe fait allusion à celle d'Alfred de Musset.

Avant comme après les Romains,
Et même dans le moyen âge,
Qui le mit sous le patronage
Des clercs, des prélats et des saints,
Pour mon *ombre* aura l'avantage,
Lorsqu'à minuit, las de dormir,
Je viendrai rêver ou gémir,
Affublé du linceul d'usage,
Sur le seuil de mon sarcophage,
D'éloigner le dur souvenir
De l'amertume du breuvage,
Qu'un essaim de petits esprits,
Plus prétentieux qu'érudits,
Et de benets de tout étage,
Me fit avaler si souvent,
Pour avoir fait avec courage
Un livre instructif et charmant,
Appelé même un monument...
(C'est vous qui tenez ce langage !)
Dont entre tous assurément
Ils n'auraient pu faire une page.

~~~~~~~~

Le ciel me préserva du sort de Malfilatre.
Grâce à Dieu, j'eus toujours le vivre et le couvert;
Tout ce dont fut privé l'infortuné Gilbert :
Un ou deux plats sur table et du bois sec dans l'âtre,
Le carafon de vin, même un peu de dessert.
Courtisan de la muse enjouée et folâtre,
On me disait l'égal du chantre de *Vert-Vert*.
Quand mon livre parut, il en fallut rabattre....
La fortune, au total, ne me fut point marâtre,
Et c'est dans mon orgueil que j'ai vraiment souffert.

~~~~~~~~

J'expie en purgatoire et ma prose et mes vers.
Oh! vite, mes amis, des *paters* ! des *paters* !
Et toi, qui m'as trompé, souscripteur hypocrite !
Un seul *de profundis*, et je te tiendrai quitte.

~~~~~~~~~

Dieu fit les gens d'esprit; il fit aussi les sots.
Tympaniser ceux-ci fut un de mes défauts;
Mais on doit pardonner au repentir sincère ;
Prier.... n'oblige pas d'aller chez le libraire.

~~~~~~~~~

Je vous crie aujourd'hui du fond de mon tombeau :
Ce que vous avez fait, Narbonnais, n'est pas beau !
Vilipender la muse et prôner le musée,
C'est des hommes de sens encourir la risée.

~~~~~~~~~

Pendant vingt ans, hélas ! par mes strophes badines
Je semai mon sentier de ronces et d'épines ;
Et je ne doute pas, qu'amantes des tombeaux,
Elles n'ornent le mien de leurs jets les plus beaux.

~~~~~~~~~

Quel tombeau négligé ! de plus belles orties
Du terrain le plus gras ne sont jamais sorties.
« Qui s'y frotte s'y pique ! » On en disait̄ autant,
Monsieur, du gai rimeur dont c'est le monument.

~~~~~~~~~

Ici repose en paix, au milieu de ses œuvres,
Un auteur incompris, qui fit vingt mille vers (*).

(*) La mesure du vers n'a pas permis à l'auteur de dire trente mille et davantage.

Vivant, il avala de bien grosses couleuvres,
Peut-il craindre au tombeau la piqure des vers !

~~~~~~~~

Ici dort le dernier des poètes classiques (*).
— Comment faut-il l'entendre? — Oh! comme il vous plaira!
Pris même en mauvais sens, ce titre honorera
L'ennemi déclaré des pleureurs romantiques.

~~~~~~~~

Au poète pieux, qui dort au cimetière,
La terre de la fosse est un fardeau léger ;
Elle est de plomb pour moi ... Venez, par la prière,
Vous que j'égayai trop, amis, me soulager !

(*) Je pensais survivre à mon ami M. Viennet; mais il porte si gaillarde-
ment ses 90 ans, que, n'ayant pas l'espoir d'une telle longévité, je ne mourrai
que l'avant-dernier des poètes classiques.

Narbonne, impr. Caillard.

www.ingramcontent.com/pod-product-compliance
Lightning Source LLC
Chambersburg PA
CBHW070747280626
47162CB00017B/2411